召喚師物語
亞澈篇
鳥巢
NOVEL
ILLUST
RURU

宅屬性的大學副教授，擅長召喚學。他很怕麻煩卻總碰上麻煩事，老是被自家惡魔女僕氣得跳腳。雖然看似是個沒有威嚴的召喚師，但其實他是人間界裡最強的「喚者」。

惡魔女僕，林文的使魔。喜歡惡整林文，常挑釁他人後推説都是林文指使的。

魔界中混亂之后希瓦娜的小兒子，被刻意隱藏的存在，卻被罪業會召喚到人間成為祭品。幸運的被林文和琳恩救下後，開始了他的人間學習之旅。

由乃

秘警署魔法工程學的第一把交椅，個性敢愛敢恨，見義勇為到偶爾胡作非為的地步。她深知靈竭症患者的痛苦，故對亞澈的「魔力」相當感興趣。

耀慶

秘警署隊員，是林文昔日的學生。誇張的刺蝟頭和龐克打扮下有顆熱血且願意付出的心。

夢魘

林文的使魔，來自夢土，是一匹身上燃燒著蒼紫色夢火的駿馬。個性天然，講的話有時很讓林文無言。

CONTENTS

第一章 005 別亂了！我想好好研究啊！
第二章 031 降臨吧，魔王……咦？
第三章 063 夜遊總是會遇到事件
第四章 103 天才少女與魔界王子
第五章 139 你們倆乾脆交往去啦！
第六章 179 在罪與業之下
第七章 215 惡魔芽翼與宣戰通告

The summon is the beginning of bad luck

Chap.1 別亂了！我想好好研究啊！

明亮的室內，周圍滿是匆匆忙碌的人們，人來人往的彷彿一停下來就會發生追撞事件。

喝斥聲、哭泣聲甚至是求饒聲此起彼落，讓林文習慣專研召喚學的大腦開始有些脹痛起來。他很少後悔幫助別人，但這次他真的後悔了，如果他知道幫助人之後會被帶到這裡——傳聞中的秘警署，他絕對會冷眼旁觀的！而現在回想起來，自己根本就不需要出手，反正秘警署一定有自己的方法對抗那隻發狂的龍。

但千金難買後悔藥，萬金難挽沒想到，他就是白痴白痴的衝了出去幫忙制伏那隻龍……結果好了，現在被帶到這裡，跟眼前這位慌亂的女警大眼瞪小眼。

「林文先生，你難道不知道所有的魔法師都必須自主申請登記嗎？」

好不容易那女警終於從資料夾堆中抽出了張被壓得有些破爛的登記表，放在了他眼前詢問。

「我剛剛才知道的，就在十秒前。」

林文苦笑了，他連現在是哪位總統執政都不清楚，怎麼會知道魔法管理條約的演進？身為一位研究型魔法師，長達數年關在象牙塔研究是非常正常的事情。說實話，要不是琳恩剛好跑去參加魔界的婚禮，冰箱又剛好沒有食物，他才不會離開研究室！結果他一離開，就被攪和到這種突發事件……早知道他就拜託琳恩多買兩箱泡麵，雖然他可能下意識的把泡麵乾吃就是了。

「你、你具備制伏龍的力量，如此強悍，要是沒有登記立案，我們要怎麼確保一般社會大眾的安全？」女警緊張的吞了吞口水看著他，講話有些結巴。

他嘆息了，無知不是罪，但無知還跑去跟龍對抗就真的是愚蠢！龍、鳳這種高等靈獸，平常根本不屑降格來到人間，更遑論發狂這種可能性，真的出現這種瘋狂的高等靈獸，用膝蓋想也知道一定是人為的可能性最大。

而自己並沒有制伏龍。他要是能夠輕而易舉的制伏龍，那他早就去跟軍方玩屠龍冒險了！要知道，龍鱗、龍牙都是天價般的藥材，他還犯得著每天為了研究經費在那邊拍桌和官員爭論？

「我沒有制伏龍，我只是調整空氣中的魔力係數，讓詛咒的波長混亂。依照所羅門法則第一條，當波長亂序的時候，法術會喪失力量，僅那短短的一瞬就能夠讓龍掙脫詛咒了。」

林文平心靜氣的講完了，但對方雙眼中所回報的卻是滿滿的問號。

他深沉無力的頹肩了。

終於體認到什麼叫做學海雖然無涯，但無知更是無邊無界。可不可以找一位修過魔導學概論的人過來溝通啊？他實在是很懶得從基礎開始教育啊！

「總之，你必須登記，現在！立刻！馬上！」女警強作氣勢的喊著，眼眶卻開始泛淚了，生怕下一秒他就大開殺戒似的。

「是。」

他意外的頭疼了。

他已經很久很久沒有寫過盧恩符文以外的文字了，實在是很想舉手發問說……這份表格可以用盧恩符文來寫嗎？

他絕望的仰天長嘆。

※　※◆※　※

林文精疲力盡的癱在自己的辦公椅上，他第一次覺得華人真是太了不起了，竟然能夠用漢字寫這麼複雜的文件。

他寧願面對三重法則魔陣，也絕對不想挑戰用中文寫那登記表了。

「真難得，林文你會出去那麼久？我還以為你勾搭上哪個女人，今晚不打算回來了。」

一雙玉手隨著聲音從後面輕柔的環抱住他的脖頸，惡魔女僕邊說邊微笑著。

「琳恩……別再提女人了，我還是人生中第一次被人認為是洪水猛獸。」回想起女警隨即就要哭出來的面孔，他煩躁的甩了甩頭，「倒是妳，妳不是跟我說妳要去參加婚禮？這麼快就回來了？」

「露個面就好啦，待在魔界太久，怕林文你會餓死。」琳恩輕笑著。

「這……中肯，推。」他點了點頭。

琳恩的擔心並不全無道理，林文是那種一旦進入研究思維中，就會視飲食為無物的個性。不過很可惜，他本身並沒有修仙過，沒辦法不吃不喝度日，所以當初琳恩以為是林文不想吃，等過了一天再進去，就看到一位已經脫水餓昏的人倒在實驗桌上了。

這種鳥事情發生幾次之後，琳恩自然而然的學會在林文忙碌時於一旁餵食。那是很奇特的光景，林文在沉迷研究時，根本不會在意自己吃的喝的是什麼。舉例來說，平常林文是絕對不吃辣的，可他一旦陷入研究情緒時，就算餵他喝麻辣湯，他只是皺眉頭一陣，卻老老實實的吃完。

說起來是滿好玩的。琳恩在心底嘻笑。

「好啦，說實話吧，我久違的感受到你的魔力波動，擔心你出事，特地趕了回來，但回到人間，感知到你的所在地後……我實在是一點都不想靠過去。」琳恩攤了攤手。

秘警署耶！雖然她算不上什麼窮凶惡極的魔王，但那種處所，實在是能不要靠近則免為上。

「妳真是太睿智了。」林文感嘆道，接著又說：「希望月底前可以破解第七解咒陣。」

「我覺得那應該是不可能的事。」琳恩嫣然一笑。

「嗯？」林文狐疑的揚眉。

但在下一刻林文就知道為什麼琳恩會這麼說了。

「碰」的一聲，研究室那古色古香的門扉就這樣應聲倒地，門的後面站著一位看起來比他們更驚訝的青年。

「抱歉，太久沒敲人類的門，忘記你們的門是很不耐敲的這個事實。」青年愧疚的低下了頭。

——太久沒敲人類的門？不然小朋友你平常都是敲誰的門啊？

林文皺眉的打量著眼前的青年，那是一位過分英俊的青年，藍青的髮色、清秀的五官、勻稱的肌肉，就連笑容都顯得陽光燦爛……

「我這裡可不是演藝經紀公司喔！」林文呢喃道。

「我知道。」青年手一揮，沉重的木門隨著手勢浮了起來，緩緩的合上去。確定門合實後，他一個彈指，瞬間出現的冰霜爬滿門框固定好門扉，他拍了拍手，露出了優雅的微笑，「我是專程來感謝你的。」

看著青年的手勢和法術，林文就有一些頭緒了，再聽到「感謝」這兩個字，他腦袋更是有些發麻的確定了。

「你是早上那隻龍？」

「對。」青年高興的點了點頭。

「你的感謝我收到了，我就不收什麼實質的謝禮了，請回吧。」林文心中的警報大響，連忙揮了揮手。

開什麼玩笑！他才不相信對方只是單純過來道謝的，看那龍嘴上神秘的微笑，用腦幹想也知道一定沒什麼好事！

「我還有很多法陣要研究，真的很忙碌，就不送了。」

林文強行振作的站了起來，抖了抖白袍的領子，眼看轉身就要衝入研究區中，身後有一隻手不慌不忙的揪住了他的衣角。

「從來沒有人會推拒我。」青年的手握得很緊，帶著點受傷的表情說道。

「恭喜！經過這麼一天你就體會到被婉拒的感覺了，你可以考慮立個紀念日之類的。」林文敷衍的應和著，雙手卻怎樣都掰不開那緊握的手指。

他拋了個求救的眼神給琳恩，只見琳恩不疾不徐的站起身，走到廚房去……

Good job！但她該不會去拿鹽巴還是掃把之類的東西吧？林文不安的腦補，雖然這龍看起來是好人，但拿掃把出來會不會太不給這隻龍面子了？

而當琳恩再度走出來之時，林文在鬆了口氣的同時卻又更加驚愕了。

「龍先生？我看我們先來喝杯茶吧。」琳恩露出親切的笑容，手中端著盛放三杯茶碗的托盤。

「為什麼要喝茶啊！我還想要去研究法陣啊！」林文絕望的大喊，「況且龍先生應該也很忙碌吧？你不用去管哪裡要降雨之類的事情嗎？我們不應該打擾如此忙碌的龍先生吧！」

「不忙不忙，再忙也要跟你喝杯茶。」青年語氣平靜的說著曾經的經典廣告詞，甚至露出媲美當年廣告中男主角的笑容，另一手自然而然的拉著不斷哀號的林文，逕自坐了下來。

「我愛莫能助。」琳恩淡笑的彎身在林文耳旁悄語：「不是有句話說，『有時人生就像強姦，推不掉就只好接受了』。」

「接個鳥啊！妳以為講出名言佳句就會讓我比較願意妥協嗎！」林文掩面無助

的喊道。

琳恩嘴角微彎，捧起茶碗輕啜，不發一語。

「我這趟除了感謝之外——」

青年清了清喉嚨，話才說到一半，就被林文的手勢打斷了。

「拜託，掐頭去尾說重點。」他悲傷得不能自抑，低聲喃喃期盼道：「我希望至少還能有時間，可以破解法陣外圍的符文鍊。」

「幫我找出召喚我的召喚師，我要他為戲弄龍族付出代價。」

青年接續著說完，完全沒有被林文打斷話語所惹怒，只是用更加充滿興趣的目光看著林文。

「龍先生，你不覺得這種事情你應該去拜託右轉兩百公尺再左轉五百公尺，那棟看起來很莊嚴，實際上一堆人在裡面爭吵的秘警署嗎？」林文虛弱的伸手指著窗外秘警署的方向。

「但你比較有趣啊。」青年十指相扣，笑得比太陽還要燦爛。

原本正要跟他爭辯的林文，在聽到青年的話和看到他的笑容時，腦神經頓時抽搐，擱在桌子底下的中指莫名的抽彈起來——去你的有趣！那我的研究進度到底要怎麼辦啊！

這是一場悲劇，林文現在真的非常後悔那一天他為什麼要出門去買食物，早知道後續的麻煩會這麼多，他就該餓著肚子喝自來水的，再不濟也可以網購啊！他心痛的看著月曆上的進度表，心酸的把月曆翻轉過去，眼不見為淨。

「林文，線索都整理好了。」琳恩將手中厚厚一疊紙遞給了林文，上面還放了一枚如翠玉般的龍鱗，「龍先生說如果需要幫忙的話，灌注魔力到龍鱗內，他就會前來幫忙的。」

「如果我灌注魔力之後把鱗片丟到岩漿內，是不是就可以擺脫掉這件差事了？」林文雙眼充滿怨念的緊捏著龍鱗片。

「我想不會喔！你也是召喚師，你懂的。」琳恩笑了出來。

「唉，沒錯……」林文嘆了口氣。

人間的火、雷等自然現象是非常難以傷害到異界的幻獸的，因為根本是不同層次，所以幻獸們在遠古都被視為災難和禍患。

只有灌注魔力、精氣的道法或者武術才能傷害到幻獸。然而，很少有幻獸真的被人類擊殺掉，更多的只是因為幻獸法力不足而被遣返回異界。

但這次的事件真的很詭異，根據那條龍所言，有召喚師召喚了龍族降臨，卻遲遲不露面，正當他決定在人間雲遊，等待法陣耗盡自然回歸仙界的時候，居然被下了詛咒！因為事出突然，他完全措手不及，就這樣失去意識在人間大鬧特鬧。

特地召喚了龍，卻不露面締結契約？

雖然說龍並非稀有的使魔，但法陣材料花費也不是小數目，真難以想像召喚者的目的何在，畢竟這又不是史萊姆之類的低等靈獸。

而且龍被召喚出來之後，就遇上了詛咒？

要知道，詛咒都有所謂的針對性，目標的鎖定是非常重要的，這可不是天外飛來一顆火球術，被擊中了算你衰。

詛咒是絕不可能發生這種隨機的降臨情況，真的要是如此，秘警署大概現在就忙翻天了，忙於都市裡莫名的暴斃案。

「我怎麼想都覺得，那個詛咒龍和召喚龍的根本就是同一人。就算不是同一人，也有一定的同夥關係。」林文推了推眼鏡，將報告上的詛咒和召喚兩個詞圈在了一起。

然後，也就僅止於此了。

沒有法陣資訊，沒有詛咒咒文，甚至連咒力解析也沒有，別說是對方的狐狸尾巴了，他連半根毛都沒找著。

「不行，情報太少。」林文撓了撓臉頰趴了下來，「我需要情報。」

「那就去找秘警署如何？」琳恩提議道，手指著電視機中新聞的畫面——此時空中群魔亂舞，秘警署忙著設下法陣與結界，試圖控制住發狂的地煞和水鬼們。

「可是我覺得我好像得了『一進去秘警署就會腿軟呼吸困難症』耶……」林文吞了吞口水。

「是嗎？」琳恩微微的淡笑，伸手拾起了那枚散發出淡淡光暈的龍鱗在手中翻轉著，「我怎覺得你要是再沒查到真相，過不久就會得了『龍族過敏症』，我可不想以後每經過廟宇龍柱，就看到你躲在我背後直發抖。」

這真的非常非常有可能！他已經可以想像日後天天被那隻龍扯住衣角的樣子！

「不行，這種事情我不允許。」林文喃喃自語：「龍族過敏症真是太可怕了，我們這就出發吧！」

琳恩轉過身去，背對著林文點頭，完全不和林文直接對視，不然她深怕自己會壓抑不住的大笑出來。

※　※◆※　※

秘警署是國家設置的獨立機構，獨立於各種法則之外。視情況而定，秘警署甚至具有所謂的第一處決權，畢竟有時候要制伏瘋狂的異界生物難度頗高，還不如狂揍一頓，但這種力與力的針鋒相對，同時要確保不傷害到對方的性命，有時候實在是強人所難。

當然，這一點當年在設置秘警署時就一直被拿出來討論了，但沒過多久大家便同意這一點了，原因是——

第一，人間本來就不應該讓異界生物自由進出，這裡又不是什麼觀光勝地！所有在人間的異界生物都應該簽訂契約，由召喚師作為擔保，秘警署只保障這些已簽訂契約的異界生物生存權，至於偷渡來人間的，很抱歉就沒有這重保障了。

第二，人類遠比這些異界生物來得脆弱太多了，高智慧的龍、鳳等就算了，有些生物不只低能而且殘暴，簡直是腦殘這詞的具體化。例如魔界的食人巨魔或者冥界的屍鬼，對於這種沒有腦子或者腦子都快腐爛光的，你對他們手下留情，他們可不會感激的，還不如早早燒一燒火化掉，讓他們下次投胎看看能不能讓腦部發育比較好之類的！

即便如此，秘警署還是很忙碌，忙到翻天了，因為除了異界生物，人間的內亂也是他們所負責的項目，魔法師、修仙者、驅魔師、德魯依……一拖拉庫的各地文化所孕育的特種職業們不僅是當地維持自安的助力，更有可能是內亂的源頭……

「我已經跟你說過很多次了！那根龍骨上次法院已經判定了，一人一半！不要再跟我扯什麼最後的地獄之火是你放的！你要就把那龍骨分一半給那道士，要不就由我們秘警署強制執行！不過我的業務真的很忙，你若真的希望我專程過去就只是為了幫忙分屍的話……秉持著為民服務的精神，我會不辭辛勞的趕過去，但你就要做好心理準備了，你可能會看到比地獄之火更加熱烈的……怒火！」

「磅」的一聲，電話筒被摔了回去。

看著坐在接待處的女警生氣得身體抖動不已，愣站在秘警署入口的林文反而靜默了。

「有事嗎？」女警不友善的問道，眼中怒火未消的盯著林文。

「我只是在想那臺電話機的品質真好，如此耐摔防震。」林文緊張的顧左右而言他。

「這是幻術。」女警似乎是注意到林文的緊張，脾氣收斂了一些，「秘警署的電話機都是諾●亞3310，據說這是為了避免花在通訊器材預算過高。」

林文點了點頭。不知道為什麼他很能夠了解，同時對於管理預算的人獻上無盡的尊敬，這做法真是太聰明了！

「所以你是過來借洗手間的？」女警嘆了口氣，熟練的指著右後方說：「左轉到底，有怪聲音不要太在意，最近水鬼太多了，局裡沒太多地方收容，只好將一些水鬼塞到洗手間。」

林文尷尬的乾笑幾聲。不過這也解釋了他心中的疑惑，畢竟遠遠的不用靠近，就能感受到洗手間內的怨氣之重，他還以為是日本的花子組旅遊團來此地考察。

「但這樣不會把來借廁所的嚇跑嗎？」

「來這裡的只有兩種人——」女警托著腮舉起兩根手指淡定的說：「超越人和不是人，這兩種不論是哪一種，都不會把水鬼放在眼裡的。」

這倒是沒錯，水鬼只能算是低等的妖靈，自殺的冤魂搞不好都比水鬼難纏個幾十倍，所以向來沒有多少人把水鬼放在眼裡，但現在的狀況卻沒人敢輕視水鬼了。

這座都市從來沒有出現過這麼多的水鬼，成群的水鬼在整座都市鬧起各種災禍，雖然都不是什麼大災大難，但已經有太多人因為一小灘水窪就摔車滑倒了，新聞一開始還以怵目驚心的標題「管線漏油，沿街油漬造成車禍」來報導，後來才發現哪來的油，根本就只是水。

會滑倒的真相不過就是手賤的水鬼們抓住路人的腳跟或者扯住車輪，而光是這些惡作劇，現在秘警署已經忙到不可開交了。

通常水鬼要如此氾濫，都是因為天災因素，最常見的是海嘯過境後的都市，但現在的情況卻很不合理……別說海嘯了，這座海島這禮拜連場雨都沒下過半次。

「所以說，有召喚師在暗中搗亂？」林文仔細推敲後就只能這樣設想。

「局裡也是這麼想，所以這位先生你是來提供情報的嗎？」女警邊說邊打量著林文。

「我？」林文指著自己，愣了一下，「我是沒有什麼情報，但假如是有關召喚術等問題的話，我應該能幫得上忙。」

「你太謙虛了，林文教授。」

一個人影從接待處後方走了過來，他頂著一頭耀眼的金髮，如刺蝟般的聳立，雙耳上一排的耳洞，就連臉部都有著刺青圖騰，整個打扮活像是剛從搖滾樂團內走出來的樂手。

「召喚學界的權威，一個人就驗證了所羅門的七條法則，這可不是隨便一個召喚師就能達到的境界。」

「耀慶，你的耳洞又增加了啊？」二、四、六……林文雙眼一瞇，細數著耳洞的數量，「你這樣局裡不會有意見嗎？」

一旁的女警不置可否的點了點頭，但耀慶只是滿不在乎的聳肩，「只要我能夠幫得上忙，就算我耳朵變成尖的，我想他們也不會在乎。」

他招了招手示意林文，林文對著一旁的女警淡笑作別，走了過去。

才一剛靠過去，耀慶頓時搭上了林文的肩，悄聲細語著：「教授，該不會就是你惹的禍吧？」

「我？為什麼是我？」林文驚愣的指著自己，「關我什麼事情啊？」

「不然，視研究為生命的你，怎麼可能踏出那間研究室？不要跟我說你只是過來散步，不小心順便跟小莉聊天喔。」耀慶一臉狐疑的盯著林文。他不是第一天認識林文了，這個對於外出能免則免的研究宅男，既然會晃到秘警署來，一定是別有目的！

林文很想反駁，可是一想起自己的動機，反駁的話語就卡在喉嚨了，況且耀慶所說的話，連他自己聽了都忍不住點頭承認……但被自己過去的學生說成這樣卻完全無力抗辯，想到這裡他不禁悲從中來。

「我心中也是千百個不願意，要不是被那隻泥鰍——」林文話說到一半，天空頓時悶雷一響，讓他只能憤恨的「喫」了一聲，「我的意思是說，身為召喚師的我，無法容忍召喚術被這樣拿來為非作歹。」

林文說到這裡，腸胃一陣翻騰，連他自己都感覺到一陣嘔心：不行了，這話真噁心！

而一旁的耀慶更是完全不給任何面子，「噁」的一聲直接乾嘔了，說有多誇張就有多誇張。

「拜託，教授！我不是第一天認識你，你不要突然裝得一副道貌岸然的模樣，跟我記憶中的你相比，會造成我嚴重的精神創傷的！」

「我！你！精神創傷……」他應該要氣憤的對吧？對吧！但不知道為什麼，他心底似乎隱隱認同著耀慶的話語。

林文只是額角抽搐的假意微笑，輕拍著耀慶的後背說：「這個……我自己也不好受。」

「唉，也是。如果真的是你召喚的話，應該不會召喚水鬼這種低階靈獸，要的話應該也是霜狼這種等級的才對。」耀慶抓了抓頭。

這幾天，這座都市簡直就是群魔亂舞，不是發狂的龍，就是一堆中低階靈獸到處肆虐。

秘警署也知道抓靈獸不過是治標不治本的做法，真正的解決方法應該是要把那個躲在背後、發神經的召喚師揪出來，但沒有線索，一點蛛絲馬跡全都無。

就跟那隻發狂的龍一樣，整座都市的異界靈獸都沒有和召喚者簽訂契約；別說是召喚契約了，就連召喚師的身影也沒有半隻水鬼窺探到過。

根據水鬼和地煞的說法，他們都是被強制從異界牽引到人間來，一到人間的瞬間，召喚法陣就消散了，沒有回去的道路，所有靈獸都是同樣一個想法，自然而然的等著人間的結界將法力耗盡的他們遣返回去。

但不知道為什麼，他們越是待在人間，就越是心煩意亂，甚至到了暴躁易怒的地步。到最後，無法壓抑的狂怒便成為了人間的亂源，他們很無奈。

但是秘警署更無奈，失去理智的異界靈獸對付起來很棘手，要不傷到性命就更困難了。尤其在知道他們都是被強制召喚到人間之後，秘警署頓時陷入了兩難，理論上他們可以直接就地擊殺，但情感上沒多少人可以做到這種地步。

這就像被綁匪偷渡入國的人質，身為受害者已經很令人同情了，卻還要莫名其妙的被判死刑，這很不合理，尤其這件事情又牽扯到龍這種高階靈獸。

龍族本來就稀少，生育力更是低落到令人沮喪的地步，因此每一條龍出生時都會被慎重的列在龍族名冊當中。而其出生率與這海島國家相比，人類簡直可以放煙火慶祝了。

雖然人間和仙界的法規不同，兩界也早已清楚，但清楚是一回事，諒解又是另一回事。秘警署很確信龍族若是因「人為」而身亡於人間，人間大概不可避免的又要大旱個好幾年，視情況說不定還有江河氾濫的可能性，一切的一切都讓秘警署一個頭兩個大。

沒有人知道對方背後的目的，既沒有人跳出來喊出要求，也沒有人出來承認。比起傳統的恐怖攻擊，整件事情更像是意外，但沒有人會真的相信這起事件只是接連不斷的意外。

就在兩人陷入沉悶不語的時候，門口處有車輛停了下來。看著秘警署的警察異常狼狽的將警車內瘋狂的地煞拘捕到局內，如此暴躁瘋狂的意識……林文的腦海中浮現了一種可能性，一種荒誕的假設。

「可以讓我知道作亂的龍、地煞、水鬼的數量嗎？」他躊躇了一下，還是向耀慶發問了。

他的猜想，理論上來說是可行的，假如實際上真是如此，那對方在想什麼，他就一目了然了。不過，若真是如此的話，那就太誇張了。

「嗯……我看一下。」耀慶滑著手機，瀏覽著文件資料，「五條龍、七隻地煞、九隻水鬼。沒了！光這些就搞得我們人仰馬翻了。」

林文一聽到耀慶所說的內容時，臉色一瞬蒼白，聲音也乾啞了，「獸、魔、鬼，缺神啊……」

「你在說什麼？教授？」耀慶完全不懂其含意。

「我是說對方還沒有召喚完，還少了神，而且數量應該是三隻。」林文輕敲耀慶的肩，隨即轉身離去，臨走之前還不忘大聲交代道：「對方的目的是巫蠱召！」

「巫蠱召！？」耀慶喃喃重複著，正想繼續追問之時，林文早就不知消失到哪裡去了。

※　※◆※　※

巫蠱召，是中國傳統蠱術和西方召喚術的結合。利用詛咒促使祭品們相互殘殺，這是傳統的蠱毒，但巫蠱召則是有些許差異，有些召喚體需要用特殊的召喚方式，例如殺戮，甚至是性交……

「所以整座城市被當成巨大的蠱毒場是嗎？」

林文在說出自己的猜想之後，反而啞然沉默了。他理智上知道這方法，但實際上卻有一些很困惑的點。

巫蠱召通常是些三流的召喚師想要放手一搏召喚高階生物的技巧，例如用數量龐大的冤魂去召喚更高階的骨龍之類的。

究其原因，是因為高階的使魔被拿來進行巫蠱召顯得太荒唐了，但對方的目的卻只有可能是巫蠱召——除了種族符合之外，更重要的是數量也剛好吻合！

「用龍族當二級祭品，到底想召喚出什麼？」

林文他身為學者的部分對此非常好奇，甚至到了期盼的地步，但除了學者以外的部分都非常的不安，畢竟越是高階的召喚體就越是危險……

尤其隱藏在陰影中的召喚師又是個完全不管巫蠱召對城市會造成危害的瘋子，讓危險的召喚體落到瘋子的手中，就跟把核彈送給精神病患是相同意思的。

林文的身旁光華湧現，琳恩從光芒中走了出來，幸災樂禍的笑說：「就在剛剛我感覺到冥府之門被開啟了，依照女性不合理的直覺，我判定至少有三位死神被強行召至人間。」

「死神……」林文抿了抿嘴，「琳恩，可以麻煩妳嗎？幫我拖住死神們。」

「如果這是你的希望的話。」琳恩彎下腰行了個禮，淡笑的揮了揮手，身影逐漸朦朧消失掉。

林文煩悶的抓著頭皮，說實話這件事情跟他真的沒有什麼關係，他沒有領秘警署薪水，甚至連所謂的初階魔法交戰學都沒有修過，他只希望可以在他的研究室裡把所有時間拿來研究真實的法則。

當然，他現在還是可以跑回去研究室，反正只要拜託琳恩，就某種程度上他也算是完成那隻龍的請求了，可惜來不及了……不知道的話就罷了，知道了卻要視而不見？他做不到。

嘆了口氣，林文鬆開了繫在喉部的領帶，一手從公事包中抽出了一本厚重的精裝書，單手攤了開來，風如同知曉他的心意般，翻動著書頁，翻到了他所想要的那一頁。

複雜到幾乎難以辨識的魔法陣擴展了開來，紫黑色的光輝在空中以立體的架構交織在一起，一道閃燃著幽幽紫光的門扉就在法陣的中心處緩緩成形。

「時日，夢痕成實，於夢土穿，無跡，成夢於魘，喚曰夢魘。」

隨著林文話語的吟詠，法陣中心處的門扉打了開來，蒼紫色的火焰席捲了整個天際，一匹身上燃著紫焰的駿馬在火焰中央成形。

「可能要麻煩你載我一趟了。」林文低聲的向夢魘請求。

「目的地是？」夢魘淡定的看著他。

「所有沾染上冥府氣息的人。」林文嘴角微彎的笑了。

The summon is the beginning of bad luck

Chap.2 降臨吧，魔王……咦？

秘警署現在正處於一級警戒當中，這座海島上從來沒有遭遇過比當前更大的危機，包含龍、地煞、水鬼等異界生物所造成的混亂之外，現在又雪上加霜的跑來了冥界的死神，而且一來就是來三隻瘋狂的死神……

「耀慶你率領第一到第四分隊，去把城北的那隻死神搶先封印掉。」局長額頭上的汗水不斷冒出，「小莉妳和中部都市的秘警署會合後，跟第五、第六小隊把城南那隻拖延住，重點是拖到耀慶他們的援助。」

「可以……但這樣還有一隻死神？」耀慶凝重的點了點頭，卻遲疑的指著投影螢幕上的第三個骷髏頭。

「通報一般警察進行地區疏散。」局長雙手十指交錯的靜默幾秒，然後聲音乾枯的開口了：「我們只能先把兩隻死神封印掉之後，再來處理這第三隻死神。」

小莉愣住了，不解且氣憤的撐著桌子站了起來道：「我們可以請第零小隊出動，第零小隊是特殊編制小隊，憑著他們的實力應該可以和死神抗衡的。」

「不行。」局長擦了擦額上的汗珠，「他們必須留在局內鎮壓住龍、地煞、水鬼們，退一步來說，就算我們現在處理掉地煞和水鬼，現況還是沒有改變，幾隻瘋狂的龍和一隻瘋狂的死神，難度所差無幾。」

而龍是不可以貿然傷害的生物。這是在場所有人不可說出口的共識。

但一隻瘋狂的死神放任不管所能造成的危害……

「這樣整個東區會被毀掉的。」小莉的聲音冷靜中帶著絕望。

隨著深沉的無力感渲染，所有的人都靜默了。

就在這時候，一名警察慌慌張張的衝進了秘警署內。

「電、電視！」他大喊著。

當電視打開時，只見新聞正在直播東區一片狼籍的畫面，到處都是被切割破碎的車子和樓房，但圍觀的群眾卻都舉起手機和攝影機照著煙霧瀰漫的中心點。

那是一位身穿女僕裝的少女，高舉著掃把和死神的鐮刀互相抗衡著，少女掛在臉上的微笑，完全不把眼前的死神放在眼中。

「趁現在出動！有人拖住東區的死神，我們必須以最快速度解決另外兩隻！」局長站了起來大吼著。

「遵命！」

所有人大聲回應著，腳底下傳送陣光輝同時湧動，下一刻所有人都消失了。

但那少女到底是誰？除了耀慶和局長，所有人都在心裡納悶著。

※　※◆※　※

琳恩左閃右躲，銀白色的刃光在空中帶著令人心懼的寒光，每每劃破空中的聲響是如此的尖銳刺耳，不難想像一旦擊中，必定是一刀兩斷。

但前提是……要能擊中，這才是重點！

「啊啊……怎麼大家跑到一半就停下來看熱鬧了。」琳恩苦笑了。

看來即使時間過得再久，有些天性仍是根深蒂固……人類還是一樣愛看熱鬧呀！

一開始死神一刀把公車攔腰砍斷之際，大家還會帶著驚恐的神情往四面八方奔跑，但就在她擋下了死神那即將要腰斬司機的鐮刀時，開始有人停下腳步，而當她把死神掃退到水泥牆上時，她耳朵清楚的聽到按下快門的拍照聲了。

這到底該說是無畏？還是應該說不知道「找死」這兩個字怎麼寫？她也不清楚該怎麼判定了。

但林文的指示很清楚——拖住死神避免造成無謂的傷亡。

而在剛才，她遠遠的就感覺到秘警署內巨大的空間魔法陣啟動了。

看這情況，另外兩隻應該是不用麻煩她特地跑過去了，那到底應該跟眼前這隻發瘋的死神玩恰恰，還是快點解決為上策？

琳恩很為難的困惑了幾秒，但看在死神眼中，只是更加掀起他的怒火。

眼前的這女人竟然完全沒有恐懼的意思，雖然在平時他會感覺到詫異與新奇，但在此刻卻更是火上加油。

鐮刀如同收割稻麥般大範圍的掃蕩，但幅度越是廣大，反而讓琳恩更加游刃有餘的閃避掉，然後惱羞成怒的死神更加喪失理智的亂揮舞鐮刀……

這樣戲耍著死神是不是不太好？琳恩心裡有些歉疚。

說起來，林文不在她的身邊，死神的實力應該是略勝過她，但那是指對方冷靜的情形下。而現在面對眼前這隻狂暴、只會拿著鐮刀亂舞的神祇，她只要確實的避開，便完全沒有輸的理由。

「咯咯咯咯咯咯！」

死神的下巴因為氣憤而發出牙關咬緊的聲音，雙眼中的黑火燃焚得更加閃耀，就連鐮刀也蒙上了一層令人感到不安的黑霧，所到之處皆是腐蝕侵溶。但那黑霧卻沒有繚繞太久，當琳恩手中的掃把拂過鐮刀之時，那層黑霧頓時煙消雲散。

一直處於盛怒中的死神，終於出現了別種情緒——驚愣！

別看那層黑霧不起眼，那可以說是死神的看家法寶，那是所謂「死亡」的具現化，不論生命體或者無機物在觸碰的當下，就會迎接到所謂的終點。但那掃把卻像是掃掉灰塵一般的輕鬆一揮就清除了黑霧，甚至連根掃把毛都沒掉下來！

「這不科學！那只是一支女僕手中的掃把！」死神嘴巴微張的看著琳恩，手掌因為過於驚訝而鬆開，原本握住的鐮刀砰然落地。

「不，這很科學。」琳恩優雅的拉了拉裙角行禮淡笑，「畢竟身為林文家的女僕，怎麼能連這點事情都做不到。」

死神愕然了，啞口無言的看著躺在地上的鐮刀，原先滿腔的怒火在不知不覺中被驚恐覆蓋過後，這才回過神冷靜下來。

他看著滿目瘡痍的街道完全不知所措。

「我……到底都做了什麼？」

「這個嗎？你只是太高興了，就一邊拿著鐮刀，一邊跳著多年前流行的騎馬舞，結果舞姿不小心波擊到周圍去了。」琳恩指著周遭的刀痕。

「妳……妳騙人。」死神完全不相信。

「嘖，果然沒有林文這麼好唬嗎？」琳恩難得的陷入沉思，「給我點時間，讓我想個好一點的理由來唬你。」

死神好不容易忍住拿鐮刀去敲昏眼前女僕的衝動。一想到她口中說的那位叫林文的主人，總是被她唬爛過去，他不禁替女僕的主人感到深深的哀悼和憐憫了。

※　　※◆※　　※

「哈啾！」

林文皺著眉頭擤鼻子，狐疑的想著：好幾年沒感冒過了，一定是有人正在說我的壞話。

「在這種情況下，還能打噴嚏？」男子的聲音中帶著些許嘲諷。

也難怪對方會如此說話，林文看了眼四周，張牙舞爪的使魔就不說了，重點是隱藏在暗處的魔力，至少有三位魔法師蓄勢待發的準備攻擊他。

但這些不是重點，至少現在不是……

他身旁的夢魘用腳蹄蹭著土，夢土特有的紫火，警告著對方不要輕舉妄動。

場面看似一觸即發，雙方卻僵持在原地久而不變。

林文很幸運，夢魘沒有多久就找到了秘警署朝思暮想的禍端了。不過對方既然能惹出這麼多事，當然早有一定的防備，該有的結界、詛咒、法術一應俱全，沒有少掉任何一個。

然而，千算萬算還是少算了一個，他們沒有想到對方竟然是從夢土直接踏入法陣之中！

所以場面就尷尬了，原先於外圍一圈又一圈的防衛陣，如同剝洋蔥般的防護，可以將所有方向襲擊過來的外敵擋拒於外，但林文完全不是從外面過來的，夢土突破次元的限制，直抵防護的中心，他們就這樣好巧不巧的把林文圍困於中心。

「雖然不知貴客是什麼來頭，但我們正在忙碌中，可沒時間招待你了。」男子語氣冷淡的說著，手中的權杖發出點點的幽光。

「也是。」林文看了看四周和地板上所刻蝕的咒文，心領神會的點點頭，「光是召喚魔王的準備工作，應該就讓你們忙不過來了。」

所有人在聽到「魔王」這兩個字的瞬間驚慌了，但隨即隱沒，轉而丟出毫不掩飾的敵意怒視。

「但……真的讓你們將魔王召喚出來，問題是你們能控制得住嗎？」林文沒有多加理會周遭充滿敵意的眼神。

講明白些，魔法師都是群自私自利的人，從這次的事件就可以看得出來了，為了召喚出魔王，這座城市莫名的成了犧牲品，安安分分的凡人毫無理由的受到身家性命的威脅。即便如此，他們還是沒有要收手的意思。

林文理智上可以理解，畢竟這就是魔法師最常見的心態，那種視周遭為無物的偏執，僅是為了魔法上的神蹟努力，但這不代表他情感上能有所認同。也因此，他對於巫蠱召這種召喚方式向來嗤之以鼻，畢竟拿別的使魔作祭品的方式，他不能理解也不想理解。

不過，那是對於他本人而言。他管不著別的召喚師的道德操守，所以問題就只剩下一個——

眼前的這群召喚師，到底能不能控制得住受召喚而來的魔王？

沒有使魔一定要對召喚師百依百順的這種規則，這種事情只會發生於低階的魔獸身上，因為若是惹召喚師不爽，可能此生再也沒有來人間的機會了。

越高階的使魔越是不屑召喚師，畢竟老子不爽你，也還是會有別的召喚師搶著召喚老子，甚至能力強大到一定的地步，還能不需要召喚師，自己就能前往人間，這也不是做不到的事情。這有點像是勞資方市場，非常現實。

所以從古至今，召喚師被使魔反噬的故事時有所聞，尤其是在魔界——這個混亂、血腥、暴力的地方。

而魔王既然是出身自魔界的王者，林文實在不認為對方會是個講究禮、信、義的善類。

如果對方可以控制得住魔王，那他就無所謂，可以悠閒的騎著夢魘回到研究室去。最多他把魔王的照片拍下來，丟給那隻龍，要龍先生自己去想辦法，雖然他覺得龍先生應該也是啞巴吃黃蓮。

但假如對方完全拿魔王沒有任何辦法的話，純粹只是想召喚個魔王來看看……那他勢必得打斷對方的召喚了。

「這就不勞你的操心了。」

男子冷笑了一聲，手中的權杖橫空一劃。

次元的狹縫頓時張了開來，濃稠無盡的黑暗從裂縫中暈染了開來。

林文嘆了口氣的同時，和夢魘的身影消失於法陣之中……

「跑了？」一旁的魔法師眼睛張大的喊著。

「不跑也沒辦法，除非他想跟魔界至尊共處一臺之上。」男子邪笑著，向一旁的人點頭示意。

只見法陣的四個方位各站著一人，披著黑色的斗篷不見其面貌，手中的魔法書早已攤開，和地上複雜多變的符文陣相互呼應著，耀眼的光輝將這座山頭照得猶如嘉年華會……

遠處，一人一馬就這樣站在雲端之上，俯視著底下的法陣光輝。

沉默不語的林文越是凝視著，腦海深處被塵封的記憶越是隱隱騷動了起來，自己應該沒有和底下這群人打過交道，但對方的衣著和眼神卻再再讓他回想起過往的噩夢。

「你不阻止嗎？」夢魘眨了眨眼。

「我沒辦法。」林文煩悶的抓著腦袋蹲下，「那群混蛋就這樣突然張開了次元之門，我現在要是毀了召喚法陣，大概眼前這片地方都會被次元裂縫吞噬了。」

「對方打算先斬後奏？」夢魘呢喃道。

「我看是只打算斬，沒打算奏吧！」林文將頭低了下去，消沉的用手指在雲上劃圈圈，濕冷的觸感從指尖傳了過來。

「最好不要給我惹出麻煩，不然……我就……」林文握拳的雙手發顫著。

「就？」夢魘很好奇。

「就只好把研究室搬去中部了！」林文憤怒喊道。

該死！搬家真的是一件很麻煩的事情！一想到那麼多的文獻資料和書冊，他就越發感到煩躁。

沉默不語的看著發怒的林文，夢魘越來越感到困惑了。

自己當初到底為什麼會想和眼前這位簽訂契約呢？這真是百思不解。

次元的裂縫隨著刻印在大地的法陣光輝，逐漸拓展成一扇門扉的形狀，不過卻和林文所召喚出的門扉樣貌全然不同，那是由黑色荊棘纏繞而成的門扉，哥特式的華麗風格，帶著無盡的幽暗……門開啟了。

一開始映入眼簾的是伸手不見五指的漆黑，在黑暗中，一道稚嫩又恐懼的聲音在眾人腦海中響起。

「這裡是哪裡？母后？芽翼？」

隨著門扉的幽閉，黑暗褪得無影無蹤，只剩下一個人影形單影隻的站在法陣的中心。那是個看起來不過十五、六歲的少年，漆黑的髮色和俊美的五官，頭上頂著一對如墨般卻泛著玉質潤澤的鹿角，他驚恐的看著四周，身體和聲音都在顫抖著。

「你們是誰？我、我應該在寢殿的，怎會在這裡？」

周遭的魔法師們面面相覷、議論紛紛，但帶頭的男子高舉起手中的權杖，所有人見狀，頓時收聲了。

「無礙事，雖然不是混亂之后，但看那頭上的角，我們似乎是把未來的混亂之王召喚來了。」男子的手指著少年頭上的那對鹿角。

「況且就算年幼，身上的王族之血可不會因為年紀尚小就不算數，倒不如說更應該值得慶幸！畢竟省下了制伏混亂之后的工夫。」男子欣喜的說著。

眾人的表情如釋重負的鬆了口氣，轉頭望著那年幼的魔王。

看著那年幼的魔王，男子冰冷殘酷的笑道：「所以……抓住他！為了防止逃掉，腳就不需要了，反正只要還剩一口氣就行了。」

聽著這句話，少年的臉一陣慘白，緊張害怕的看著四周逐漸聚攏過來的魔法師，結巴卻依然將腦海中此刻唯一還記得的言靈喝斥出口：「別、別過來！我以混亂皇族之名，亞澈，令汝等驚懼惶恐！」

但那發抖的聲音只是讓眾人的腳步遲疑了一瞬，完全沒有起到任何作用。

看了看自己的手腳，完全沒有受到言靈的拘禁，眾人鬆懈的咧嘴大笑了。畢竟雖然稚嫩，但終究繼承著魔王的血脈，說不害怕對方反抗是騙人的，不過經過這一下，眾人真的完全不怕了。想到這裡，不少人更是直接抽出懷中的匕首，毫不掩飾自己的意圖。

「沒有用……怎麼會這樣？」亞澈不敢置信的看著完全不受言靈脅迫的眾人。

就在亞澈心慌意亂的時候，一道黑影從天而降，林文和夢魘突然降臨在亞澈的身旁，亞澈愣了愣，白皙的拳頭就這樣揮了出去。

林文只是輕描淡寫的用自己的手掌擋了下來。

那是冰冷發抖、充滿恐懼的一拳，看著亞澈的眼淚已經盈眶，林文露出溫暖的微笑，輕輕拍了拍他的頭。

「不愧是王族，就算到最後一刻都會揮拳，真的很有王族風範。」林文淡笑著，蹲了下來和亞澈視線平行，溫厚的說：「但言靈是騙不了人的，你的恐懼讓你的言靈成為謊言了。」

隨著林文的安撫，亞澈一直慌張的情緒稍微平復了。

不知何時，在那些魔法師和法陣之間，建立出一道由紫焰焚築的火牆，由火焰構成的駿馬就在空中不斷盤旋奔馳著。

「閣下，知道什麼是多管閒事嗎？他人無權力干涉召喚者和召喚物的關係，這應該是所有召喚師都知道的守則才對吧？」男子很憤怒不滿的喊著。

「當然，這我當然知道，但我是被委託來此地的。」林文聳了聳肩，從口袋中掏出了龍交付的鱗片，法力順著靈力流入龍鱗之內。

沒過多久，原本無雲的夜空突然烏雲重重疊疊著，悶雷一響，在雲之內的身影被雷光照耀出來，龍……即將降臨了！

「原來如此，但那是龍委託你的，和這位幼王沒有關係吧。」看了眼天空，男子又低下了頭，眼睛微瞇的訴說著。

「這倒是真的。」林文爽快的頷首承認，但手卻牽住了亞澈的手，望向亞澈淡笑道：「你聽說過買一送一嗎？反正我都答應那隻龍了，順便幫一下你也不算什麼，所以你願意委託我嗎？」

「我！什麼？那就拜託你了。」亞澈一開始先是愣了一下，然後注意到林文眨動的眼神，便連忙點頭同意。

「那麼這樣就沒問題了，對吧？」林文帶有些許惡意的嘴角微彎，手中的魔法書如同有生命般的不停翻閱著，他看向那名男子道：「我啊，要糾正你一件事情，你應該要後悔召喚出的是年幼的王這件事。」

空氣在騷動著，一陣陣炙熱的風從林文手中那本厚重的魔法書擴散開來，將他前額的髮絲攪亂著，完全蓋住了他的眼眸，讓人無法窺見他的瞳孔，只剩下那乾枯的聲音迴響：「因為我無法容忍牽扯到血緣而產生的犧牲，在我眼前再次上演。」

那男子向周圍的人打了個暗示，幾乎是同時，一束束的雷霆破碎著大地，從四面八方對著林文的方向撕裂而去！

「夢魔，護住亞澈。」林文淡定的交代著，身子直接趨向前方，離開了亞澈，避免他受到魔法的波擊。

夢魘點了點頭，從半空中降臨下來，原先遼闊的火牆聚攏合併，形成了一道無法撼動的結界。

雷霆來得很快，但只在瞬間就被耀眼奪目的光芒吞噬掉了。如此璀璨的光芒讓人完全無法直視，炙熱的風吹拂過境，將水分完全蒸散掉，對於包圍的眾人來說，此刻連吞口口水都成了一種奢侈。

「彼時，希臘之光，羅馬之日，金煌戰車，戰之以碎萬骨焚，阿波羅的戰車。」

林文的聲音於熱浪光亮中，清晰卻令眾人心寒。

召喚師通常是不擅於戰鬥的，畢竟召喚儀式需要結合法陣、咒文、契約，三者缺一不可。契約必須事先簽訂，咒文需要時間吟詠，法陣需要工夫準備，這代表著召喚師沒有辦法對付突如其來的戰鬥。

為了彌補這一點，召喚師通常會像林文一樣，在登場前就已經召喚完成，但這還是沒有辦法掩蓋其缺點，那就是沒有護身的法術。

也許召喚獸可以保護召喚師，但活著的東西都會力竭，只要力竭就代表死亡，更何況一直維持召喚獸，對於魔力的消耗也是不容小覷的。

所以召喚師很好對付，用致命卻簡便的法術，例如雷光咒之類的法術不停的進行騷擾，逼得召喚獸無法離開召喚師身旁，就已經贏了一半，剩下就是等待時間無情的摧殘。

然而，凡事都有例外，有些召喚師不只可以召喚生命，甚至還能召喚出非生命的存在。

例如現在，在眾人面前光華逝去後，現身的金色輝煌戰車——傳說中的神器，是太陽神阿波羅於神話中被歌頌為勝利之光的戰車。

林文一派安穩的坐在戰車之中，剛剛的雷霆齊轟，別說擦破了塊皮，只怕就連他的一根毛也沒有被電到。

「大祭司……」惶恐的情緒頓時如同翻湧而來的潮水，一下子渲染了開來。

「你在一旁觀望的時候，就早已朗誦完成了對吧！」大祭司——那位一直與林文對話的男子獰笑道：「只是一直將阿波羅的戰車藏在魔法書之中，只要等待你的後詠誦句，神器就可以省略掉繁雜的咒文，瞬間現身。」

「真的是很聰明啊！這麼強大的召喚師，這座海島……不，就算放眼東方世界也是屈指可數。」大祭司怒極反笑了，「林文教授，罪業會記住你了。」

「想跑？」林文冷笑了一聲，手勢一揮，阿波羅的戰車輪瞬間燃起漫天的火光，眼看就要衝入敵陣的時候，戰車的車輪赫然停住了。

一道道漆黑堅實的鎖鏈鋪天蓋地的將戰車捆綁住無法動彈……

「這原本是要對付混亂之后的拘陣。」大祭司冷笑說著：「這法陣能夠困住魔后數小時，想來對付神器也應該有同等效用……」

大祭司話說到一半，看了眼遠方，突然嘆息了。他做了個撤退的手勢道：「這就是你的如意算盤吧，利用阿波羅戰車的光輝引來秘警署，還有那些被我們召喚出的死神、龍……可憎的是你的意圖確實成功了！這次不能在這裡了結，那就後會有期了！」

大祭司說完，用冷酷的眼神掃視打量著在夢魘結界中的亞澈，沒有再多說些什麼，腳下的移動魔法陣閃動，與為數眾多的罪業會成員一同消失得無影無蹤了，只留下纏繞在阿波羅戰車上的秘法，作為他們剛剛存在的證明。

「誰跟你後會有期！算我拜託你，現在離開了就不要再回頭了！沒聽過『今日事今日畢，不然你就斃』這句話嗎！」林文氣急敗壞的對著只剩下些許法陣光輝的空地大喊著。

「呃……林文，你還好吧？」琳恩從陰影中走了出來，身旁跟著剛剛和她在東區打鬥過的死神。

「不好，一點都不好！」林文左手按了按不斷脹痛的太陽穴，右手手中的魔法書張了開來，他緩聲唸道：「戰火滅熄，阿波羅的光輝無所不在。」

阿波羅的戰車隨著林文的吟詠緩緩的消失，彷彿剛剛的戰車只是海市蜃樓般的存在。

相對的，拘陣失去了應該拘束的存在，原先鋪天蓋地的黑色鐵鏈也應聲消失。

「我以為你把麻煩事都解決完了，應該會很高興。」琳恩不解的歪著頭問。

「解決？」林文看了眼亞澈和剛剛罪業會的所在之處，這哪裡像是解決的模樣？他無力的跌坐在地，掩面絕望的喊著：「我到底是招誰惹誰了，雜事越滾越多！」

「嗯……召我？」夢魘疑惑的回話。

看著夢魘天真無邪的眼神，林文的頭痛更加劇烈，他發誓他現在視線之所以模糊，絕對是因為頭痛的關係！而不是被氣哭的！

他到底當年是為什麼想跟夢魘簽訂契約的？難道是為了氣死自己？

◆◆　◆◆　◆◆

城市的混亂終於告一段落，被罪業會召換出的生物也開始被人間大結界自然的送返回異界。看起來事情已經結束了，但這才是麻煩的開始。

秘警署這一次毫無意外的成為被國會炮轟的對象，城市的南北兩端被毀了一大半，而唯一受創程度還在可以接受範圍的東區，居然是由一個少女單獨對抗死神的成果。

按照常理來說，如果這次秘警署有逮到罪業會，那可能炮火就會小很多，但可惜的是並沒有抓到任何一個人，就連「罪業會」這三個字都是夢魘告知的，所以他們只能一邊忍受著各種官方的轟炸，一邊還要忙著招呼死神和龍，恭敬的等這八位燙手山芋隨著時間各自回歸冥界和仙界。

但這些麻煩事都不關林文的事，跟他完全八竿子打不著。

看著空白的天花板，他只能怨嘆的躺著床上，完全動彈不得。

按照預想，此刻的他應該已經開始在解析符文構築了，但現在看來他能夠爬起來就已經是天方夜譚了。

「雖然一直以來你被人尊稱為當代最接近所羅門的召喚師，但那只是和其他人相比。在我看來，你現在的程度可是連所羅門的腳底板都還沒碰到。」琳恩沒好氣的說著，同時用看白痴的眼神打量著林文，「身為一個凡人居然同時召換四隻使魔，你的大腦沒有就此短路壞掉，應該要歸功於上輩子燒香夠虔誠吧。」

一般的召喚師能夠控制的使魔數量為一隻，而能夠同時操控兩隻使魔，就已經足夠被人稱為大召換師了，因為這意味著可以同時進行攻擊和防禦；當操控達到兩隻以上，全世界屈指可數，絕對不會超過十個人。

當然，若是所謂雜魚程度的使魔，那就另當別論了。如果召喚師高興，一次召喚二、三十隻史萊姆，那種只能理解兩個字以下指令的無腦使魔，當然每個召喚師都能夠做到。

但龍、夢魔這兩種使魔，和雜魚的程度可以說是天差地遠，更別提阿波羅的戰車了，那大概是太陽和地球的距離吧。

「你當時不應該召喚阿波羅的戰車。對你來說，把我從東區召過來應該不是什麼難事才對。」她雖嘆息，手卻溫柔的換過林文額頭上的毛巾，「你衝動了……這很少見。」

「別想太多，我只是不知道妳那麼快就把死神收拾掉了。」林文飄忽的將頭轉了過去，迴避著琳恩的視線。

「就當成是這樣吧。」琳恩淡笑著轉身走了出去，留林文一個人在房間中靜養，完全沒有要繼續和林文爭辯的意思。

當時琳恩在東區看到阿波羅戰車的光輝，她其實是很困惑和淡淡的惱怒。召喚神器的精神負荷之大，她和林文都心知肚明，如果不到十萬火急的情況，林文是絕對不可能選擇召喚出神器的。

召喚師控制使魔的關係絕大多數是建立於所謂的溝通上，但神器卻不一樣，神器是死物，就算再怎樣神通廣大的神器，都只能憑藉著召喚者的精神力去強行操作，所以負荷是非常驚人的。

當她趕到現場時，她是好不容易才抑制住立刻衝上前去爆敲林文腦袋的衝動，但是當林文昏倒後，聽到夢魔所說事情的來龍去脈，她的怒氣默默消退了下去。

林文是在害怕把她困到險境當中吧？畢竟罪業會早已經做到要跟混亂之后戰鬥的準備，召喚同樣身為惡魔的她，有可能原本要對付魔后的法術會全部轉嫁到她身上……而林文那個笨蛋就是因為擔心這一點，所以只好召喚出神器，期待能靠神器壓制住罪業會。

但卻失敗了！那是連神器都能拘束住的拘陣啊！

琳恩苦笑了，難怪罪業會敢把腦子動到魔后身上，真是準備完善得令人心寒。

「林文沒事嗎？」

看著陷入思考的琳恩，亞澈有些怯懦的詢問著。

原本他應該跟著秘警署走的，但那位保護他的召喚師和秘警署的人聊過幾句話後，就把他帶回來了。

「沒事，睡一下就好了。」琳恩微笑著擺了擺手，「倒是你的魔力消退了嗎？要等到魔力完全用盡，才會被人間大結界送返。」

「呃……我就是想說這件事情……」亞澈有些難以啟齒的看著琳恩。

才剛聽了亞澈說的前兩句話，琳恩掛在臉上的微笑就完全僵掉了。

※　※◆※　※

吃力的爬了起來，林文感覺到自己身體的骨頭因為睡太久而一陣疼痛，但這也比那頭痛來得好太多。人真的不能挑戰某些守則，例如一口氣挑戰召喚四隻使魔這種事情。

他腳步蹣跚的推開門，看著亞澈靜謐的翻閱古冊，果然不愧是出身自王族，就連翻書都翻得如此有氣質。

亞澈注意到一旁的視線，抬起頭看到林文，高興的站了起來衝上前說：「那個很感謝您的救命之恩！我也不知道為什麼突然一睜開眼就來到人間了，幸虧有遇到您！」

「沒什麼，那個召喚陣算是強制召喚，你也確實無力抵抗。既來之，則安之，趁著魔力還沒消退，就當來人間旅遊，多去逛幾個景點吧，過了這次機會，你要再來人間應該就不容易了。」林文很和藹的說著，露出面對小孩時官方式的笑容。

「嗯，我都逛完了。」亞澈點了點頭，從口袋中掏出了手機，裡面不乏周圍各景點的風景照。

林文看著手機皺了皺眉，先不說沒有簽訂契約的使魔在人間最多待不過月餘，單單為了這一個月就買手機……好吧，只能說王族果然出手闊氣。

看著亞澈手機中的照片，林文越看越覺得詫異，幾乎所有周遭可以一日遊的景點都有著他和琳恩的合照，九份、金山、淡水……

「才幾天時間你們跑這麼多景點，不會太累嗎？」林文不安的問道。

「呃，大哥哥你睡了大概快一個月了……琳恩姐姐是這麼說的：『反正他睡得跟卡●獸差不多，我們也沒有神●寶貝之笛，還不如趁這幾天去各地逛逛，不然那研究狂一醒來，我們大概又要被關在研究室內了。』所以我們就趁這段時間四處觀光了。」

亞澈一派純真的完整重複琳恩的話語，聽得讓林文只能不斷乾笑以對。

「我還睡真久，一個月嗎？」

林文拍了拍亞澈的肩，安慰道：「魔力匱乏的時候可能身體會有些難受，但忍一下就可以回去魔界了。」

然而亞澈只是略顯尷尬的搖了搖頭，讓林文愣了一下。

「罪業會有對你下什麼詛咒之類的，不讓你回歸魔界？」林文緊張的用手撫著亞澈的頭，魔力緩緩由上而下洗滌著亞澈的身軀。

順著魔力檢查，林文沒發現有任何問題，亞澈的身體從上到下完全沒有一絲詛咒的痕跡，別說是詛咒了，亞澈的魔力如此豐沛，這樣看來在人間待三、五個月也應該不成問題才對。

……等等，魔力豐沛？林文終於發現到不對勁的地方，他緊張的看著亞澈，手一把握住了亞澈那纖弱的手腕驚聲喊道：「你的魔力完全沒有任何衰退，怎會這樣？誰跟你簽訂契約了？」

「我、我沒有跟誰簽訂契約！」亞澈被林文突如其來的舉動嚇了一跳。

下一刻，一記手刀從後方往林文的頭頂敲了下去，痛得讓林文直鬆開了手，雙手轉而按著腦頂喊痛。

「你嚇到客人了。」琳恩對著林文淡定的說著，一回過身又馬上露出親切的笑容，將托盤上的果汁遞給亞澈。

「不是，這……怎會這樣？」林文完全不明瞭眼前到底發生了什麼事情。他的語氣雖然驚訝，但雙眼中卻閃爍起求知欲。這件事完全違背了所羅門法則的定則，說不定是跨時代的新發現！

琳恩嘆了口氣，她將林文眼中閃耀的光華盡收在眼底，完全明瞭這個研究狂心裡在想些什麼，「別想太多了，你驗證的所羅門法則沒有出錯，這也不是什麼傳說中的例外，亞澈你自己說吧。」

亞澈尷尬的苦笑，花了半小時講解，林文的臉色卻越聽越黑。

「所以你的意思是說，魔王都能夠從生命體的情緒中淬鍊出魔力，而不同的情緒就會冠上不同的名諱？」林文在混亂的大腦中整理著資訊，確認般的詢問。

「嗯，沒錯。」亞澈對於林文的迅速了解，肯定的點了點頭，「例如鄰國的殘暴之王泰勒，是代表他能夠從殘暴中收集魔力，而不是代表他的王國到處都是殘暴罪行，這是人間對於魔王的誤解。」

確實這樣想就會覺得魔界正常多了，不然按照人類的設想，當魔界的人民還真的滿倒楣的，不是面臨殘暴，就是面臨混亂，真這麼衰，那應該人人都立志隱居山林，過著閒雲野鶴的生活。

「所以你是說，除了王族，繼承血脈的後代也會有同樣的能力？」林文狐疑的詢問。

亞澈點頭承認道：「我的母親是混亂之后希瓦娜，所以我可以自然而然的從人們混亂的情緒中收集魔力。」

「而且還不能控制嗎？」林文感覺頭又開始疼了，但他很確定這次絕對不是精神力負荷過大這種鳥事。

「這我幫你問過了，就跟心跳一般，如此自然也無從控制。」琳恩拍了拍文的肩，同情的看著他，「所以可能要由你接手照顧了。」

「咚」的一聲，林文倒了下去，無力的躺臥在沙發上，雙眼泛出淚光的看著琳恩，細語悄聲的問道：「這次我還是沒有拒絕的權力嗎？」

「如果你忍心把他丟到秘警署的話。」琳恩露出曖昧的笑容。

這一點早在當初秘警署剛趕到事發現場時，林文就問過耀慶了，耀慶只是難為情的希望由林文來接手照顧。

不是耀慶他們怕麻煩，而是因為秘警署中天主教、基督教的人數占半數以上，而且就算不是因為這兩種宗教的關係，仇視惡魔的探員也不在少數，真的讓魔后之子來到秘警署，他和林文都深深覺得這真的不是一個好主意。

看著交頭接耳的兩人，亞澈開口了。

「還是我去秘警署？聽說他們專門負責迷失的使魔……」亞澈不安的看著林文和琳恩。

但林文只是搖了搖手，誠摯卻泛著淚光握住亞澈的手說道：「拜託你留下來讓我照顧你，我沒有救了人，又把人推去火坑的嗜好，反正我不入地獄誰入地獄，雖然這地獄我也太常入了吧……」

亞澈不明就裡的看了看琳恩，琳恩只是笑笑的跟著握住亞澈的手。

「他的意思是，他很歡迎你的寄住，年幼的王，就把這裡當自己家吧。」

「那就麻煩你們了。」亞澈恭敬的點了點頭。

「當然。」琳恩笑得很淡薄，但相比林文那苦澀的笑容，就璀璨太多了。

林文只能乾笑的看了眼掛在牆上的所羅門魔法陣，一旁的進度表上簡明扼要的紅筆底線——「零」，頓時再也抑制不住，趴在進度表上啜泣了起來。

「林文沒事吧？」亞澈關切的看著琳恩。

「沒事，只是計畫永遠趕不上變化。」琳恩輕笑，然後低頭對亞澈耳語：「不過……我想他應該快習慣了。」

「我不要習慣這種事情啦！」林文崩潰的大喊著。

他雙手緊緊握拳，在心底悔恨著。

人真的不能貪求省事！他當初就應該在看到罪業會時，直接把他們燒成渣的！

他現在真的好想在計畫表上寫一個慘字啊！

The summon is the beginning of bad luck

Chap.3 夜遊總是會遇到事件

混亂複雜的符文陣在奮而不懈的編排下，終於呈現出規律的樣貌，看著符文字句的描述，林文終於回過神來了。

「我應該是在做夢吧？」

林文困惑的看著已經全部完成的所羅門法陣符文解析。

進度表華麗麗的達到目標了，他一直以為只能在幻想中達成個百分之二十。他有點不敢置信的捏了捏自己的臉頰。

會痛？這怎麼可能……抓了抓頭皮，他朝門外探頭探腦了一下，深怕自己其實是身處於夢土之中，房外皆是虛魅幻假。

「你終於從研究室裡出來了，我還以為你立志成為宅男界中的霸主。」琳恩嘆息了，手中端著方便入口的三明治，「差一點就破紀錄了，一進去研究室內，就兩個禮拜完全沒有任何動靜，要不是知道你沒有修道過，我還真擔心會不會雷劫突然降下，你就乘著雷光羽化登仙去了。」

「這個妳也知道的，我思考的時候會和外界脫節。」林文乾笑著，連忙拿了琳恩手中的三明治塞入口中，「所以這段時間……應該沒有什麼事情發生吧？」

琳恩神秘的嘴角微彎，將一只精緻的玉瓶從櫃櫥中拿了出來，淡淡的琉璃仙氣緩緩散於空中。

「龍先生來答謝過了，但你讓人家吃了閉門羹，他就默默的把這瓶丹藥要我轉交給你了。」琳恩一回想起當時的情景，就得費盡心力壓住笑意。

很少有人敢得罪龍族，畢竟誰也不想忍受半年的雨季或者乾旱，但在研究中的林文很明顯是個例外，完全沒有要招呼的意思，就連對方詫異的推開門時，他也只是很淡然的揮手關門順帶說了一句：「今天風真大……」

聽著琳恩的形容，林文的臉龐尷尬的紅潤，他迴避著琳恩打趣的眼神，轉移焦點的指著玉瓶問：「那丹藥是什麼？不實用的東西就轉交給秘警署吧。」

「闢穀丹。」

琳恩看著林文滿臉不解的模樣，很隨興的打開電視，正好是某群勞工唱著歌、高舉某藥酒的廣告。

「類似這個，你可以當作是仙界版的威●比吧。」

林文聽到後頓時乾咳了幾聲，差點被食物耶住。這丹藥還真實用！

「那亞澈呢？」他轉頭看了看四周，完全沒見著亞澈的人影。

林文對於這位魔后之子，有著非常良好的印象，在視小孩為夢魘的他眼中，亞澈簡直就是天使的化身……

是說，說魔族像天使，這到底是褒還是貶？他自己也不清楚。

平時總是安靜不吵人的坐在外面自己看書，印象中還有幾次是亞澈幫琳恩把餐點拿進來，雖然他沒有搭裡過對方，但那模糊的印象中，亞澈也只是沉靜的將空盤收拾乾淨，緩緩離開研究室，完全沒有人類小孩那種耍潑傲嬌的蠻橫。

「嗯……算算時間他也該回來了。」琳恩看了看牆上的時鐘喃喃道。

果不其然，琳恩前一秒話才剛說完，下一秒研究室的門就被推了開來，亞澈疲憊卻愉悅的走了進來。

看著亞澈的穿著，林文原先滿口的咖啡差點全部咳了出來。

「那、那是什麼？」林文聲音結巴的指著亞澈身上的衣服和包包。

那是一套非常素雅的服裝，白襯衫、灰西裝褲，就連上面的刺繡都有點眼熟。

「我記得那不是附近的高中制服嗎？」林文站了起身，驚駭的看著琳恩。

「嗯啊，這有什麼問題嗎？」琳恩淡定的笑。

這沒什麼問題嗎？那書包上的校徽是某位聖潔的女人抱著聖嬰，簡稱聖母圖，讓魔界的王子去讀天主教學校這真的沒有什麼問題嗎？

「嗯，但人類不是常說，最危險的地方就是最安全的地方？」琳恩打趣道。

──話是這樣說的嗎？那妳不就應該把亞澈遷居到梵蒂岡去？

林文啞口無言的瞪著琳恩。

注意到兩人間無聲的交談，亞澈連忙跳了出來喊道：「沒有……林文，這並不關琳恩的事情，是我悶得慌，想說去參與人類社會也算是一種另類學習。」

亞澈搔著臉，臉紅的說道：「琳恩姐也有一再的確認我是否要這間學校，但我想說如果要學習的話，我想要去了解人類為什麼憎恨惡魔。」

林文愣住了，看著亞澈認真的表情，他實在很想直接對這位年輕的王子說，這跟種族沒有關係，而是惡魔自古以來就不斷被神族抹黑栽贓導致。

不過，也許是因為那雙太清澈單純的眼眸直盯著自己，林文只是猶疑了一下，又將到喉嚨的話語吞了回去。

心領神會的和琳恩交換了一個眼神，他輕拍著亞澈的肩，從口袋中將隨身攜帶的紫水晶交付給亞澈，說：「既然你已經決定好了，那我也不方便再說些什麼，但是這個東西你保管好，盡量不要離身。」

「這個是？」亞澈看著透亮的紫水晶，一抹焰光在晶體中閃爍明亮。

「咳咳！一個護身符而已罷了，你在那間學校總會接觸到聖經或者聖歌，這可以保護你不受到其迫害。」林文很簡單的解釋著。

其實讓個惡魔跑去天主教學校，他到此時此刻還是覺得這是個太瘋狂的決定，雖然印刷體的聖經或者凡人的聖歌咒力低落，但還是有風險在，尤其是在人們的執念面前。

如果亞澈不小心露出惡魔角或者羽翼，讓他的身分被人們識破，然後在那種數千天主教徒的執念面前，可能設個大防護結界都不見得擋得住。

沒辦法……人類就是一種遲鈍又危險的生物，尤其在宗教的名義下，所有的異端都無法和那份執著匹敵。

「是說……為什麼不是從國中開始唸起？」林文看著亞澈身上的高中制服就像是披掛在小孩身上，顯得小孩穿大衣的滑稽模樣，令人莞爾。

「我已經三十多歲了。」亞澈指著自己說道：「當然，在魔界來說，七十歲以前都算不上成年。」

三十多歲？林文吃驚的看著亞澈。

那不是跟他差不多年紀？

林文張大了眼好一會兒，再看向一旁的琳恩。

「那琳恩妳該不會成年了吧？」

琳恩原先在旁邊靜謐的聆聽著，臉上一直愉悅的神色轉瞬黑化，嘴角的肌肉僵直凝固，原先溫婉的微笑在此刻帶著些許憐憫和邪獰，些微的殺氣讓在場的人呼吸一滯。

「嗯……林、文、主、人，你剛剛問了什麼嗎？」

林文的全身冷汗頓時如同瀑布般的流下，他印象中只有一次，琳恩也是稱呼他為「林文主人」，如此謙卑躬敬，卻也讓他刻骨銘心的難忘。

「我是說琳恩妳該不會……煮飯了吧？今天難得我研究有結果，大家順便開個迎新會，歡迎亞澈吧！當然是我請客！當然！」林文拍掌喊道，一邊抹去額上的汗珠，一邊僵硬的摟住亞澈。

「對！琳恩姐煮的飯菜都如此豐盛，想來一定很花心血，不如今天就出去外面吃吧！」連亞澈都感受到刺骨的殺氣，深怕受到池魚之殃，他連忙附和同意。

「也好，那我先去收拾一下。」琳恩冷笑一聲，轉身走入廚房。

「大哥哥……琳恩該不會是魔后吧？」感受到壓力一鬆，亞澈安撫著剛剛狂跳不已的心臟。和他記憶中母后生氣的氣勢有得一拚。

「相信我，這還沒有比上次猛。」林文吐了口長氣，搖了搖右手手指，神秘兮兮的說道。

「上次是？」亞澈歪著頭好奇詢問。

「上次我是問她體——」林文話說到一半，一股沖天的殺氣從廚房內傳了出來，讓他背脊一涼，聲音顫抖的繼續說：「體育成績好不好……」

「我懂了。」亞澈噤聲了，將原先心中不必要的好奇心完全連根拔除。

來到人間的第一個心得，女人的禁忌不能碰觸，這一點不論在魔界還是人間似乎都是通用的。

※　※◆※　※

一如往常的課堂上，大多數的學生都昏昏欲睡。

沒辦法，畢竟這堂是神學課，而且還是這所天主教高中特別有的學科，所以升學時不考。

這個島國的升學競爭壓力是有名的殘害學生，也許就是因為如此，神學老師秉持著過來人的憐憫心，在與升學考無關的神學課上便睜隻眼、閉隻眼了。

然而，在這群昏睡成一片的學生中，還是有人認真的振筆疾書，認真的雙眼就像是要把臺上的老師洞穿一般。

這是一個很異於常人的學生，但所謂的異於常人，並非指外貌，而是指對於神學的嚴謹。很少有學生會在下課後還特地和他探討神學，大多數的學生都視這門學科為可有可無的科目，少部分的學生或許是追求完美的心態，但也僅是將神學考試拿到滿分，對於神學內容很少會有探究的精神。

根據其他科目老師形容，這名學生很令人印象深刻，對於一般的學科諸如數學、化學等，這名學生往往會用讚嘆的眼神盯著課本。

有時候他會以為這名學生是不是立志想要成為神學人士，但交談了幾次後，卻發現事實並非如此，他就像是一位站在湖畔旁眺望湖心的觀察者，似乎深恐被湖水吞噬般，在敬畏著神學的同時卻也保持著好奇。

「亞澈，就某種意義上來說，你也算是非常厲害了。」

同班同學蘇駿用複雜的神情翻覽著亞澈桌上的筆記本，黑藍二色構成的筆記內容中，詳細的記錄著聖經中的典史。

這……到底要怎樣才能把神學筆記本寫得比物理學筆記還要厚上一倍？真是匪夷所思，這應該可以位列學校新的七大不可思議之一了吧？

蘇駿撐著臉困惑了。

「呵呵，我只是想了解神學的內容。」亞澈乾笑著。他知道自己這舉動在這所學校的學生中顯得很異類，但他只是想日後或許在魔界可以用到相關學識。

生活在人間，過著學習生活的亞澈，不知何時也漸漸的習慣了這種學生生活。每天學習著人間的各式學問，偶然的一些突發情況，有時連自己都會啞然失笑。

還記得第一次上籃球課的窘況，當他向其他人詢問這項體育如何進行時，所有人無一不露出詫異的神色。

即便他習慣性的用上自己剛從鄉下來到都市的藉口，但所有人依然是一臉的不可置信，直到回到家中詢問琳恩和林文時，他才了解為什麼所有人都露出那樣質疑的神色。

結果當他在苦惱類似的笑話是否會一再上演，琳恩只是憋笑著把大學圖書館的漫畫區圈起來，要他泡在裡面一個禮拜。

就這樣，亞澈在學習如何當個普通人之前，便先成為一個漫畫宅男了。

看著亞澈將頭深埋在上個世代的《灌●高手》當中，林文額上瞬間出現三條黑線垂下。

「……那雖然是經典，但已經距離現代非常遙遠了。」林文講得很含蓄。

其實他想說的是，那已經算是古典籃球了，現代版的籃球規則早已上修到更複雜的程度，真的依靠這些圖書館所收藏的古老漫畫會不會越矯正越失敗啊？

但一古腦沉醉在漫畫中的亞澈，完全無法自拔，就連古老的動漫都被他從網路上翻了出來。

看著亞澈雙眼鎖死在那破爛的畫質上，林文自己都眼角泛淚了起來。

現在的小鬼連上大學講堂都要求投影片三維立體化，宣導影片甚至要求四維特效，附帶水花和律動，結果從魔界來的王子卻吃力的用雙眼盯著古早畫面……

真該把那些抱怨他投影片不夠精美的屁孩來個道德教育感化！

好不容易亞澈把整套的漫畫叢書看完，林文原本以為他會疲憊不堪的抱怨畫質、聲線等問題，但當他一抬頭時，雙眼竟是閃爍不已的翡翠。

「人類真是太了不起了！」亞澈發出由衷的讚嘆，手中捧著的書不知何時早已從《灌●高手》替換成《棋●王》了，他喃喃自語著：「這種圖畫書……不知道可不可以帶回魔界發揚光大？」

林文和琳恩彼此交換了一個眼神，腦海中不約而同跳出各種惡魔揮舞螢光棒，圍繞在各種動漫角色身旁的情景——魔界御宅計畫，Action！

「這其實是很困難的，一個好的漫畫家是要付出很多心血才能達到的。」林文輕咳了兩聲，希望可以打消亞澈的念頭。

但亞澈卻完全沒有任何訝異，只是瞭然的點了點頭，雙手在書堆中搜了又抓，抓了又摸，再抬起頭來時，《爆●王》已經拿在手中了。

「我知道，這本漫畫有說到。不知道能不能『說服』幾個漫畫家去魔界發揚光大？」亞澈眼底伏著些許暗光。

看著亞澈的眼神，林文愕然了。

——我知道越崇高的人，墮落的時候就會越快，但亞澈你黑化的速度也快得太嚇人了！這根本看不見車尾燈啊！

連琳恩都挑了單邊眉，嘴角噙著半分笑意。

「這絕不是我讓你看那本漫畫書的用意。」林文掩著半張臉沉痛道。

「沒有，我只是在想這應該也算得上是一種藍海策略吧。」亞澈想了一會，話語中隨口又跳出了幾句商業用語。

「藍海……什麼略？這也是漫畫中提的嗎？」琳恩雙眼微微張大詢問。

「嗯啊。」亞澈開心的點著頭。

——人客啊來評評理！看漫畫還能學商業用語，難怪那些賣百科叢書的廠商會倒一大片！

林文感嘆的看著那堆用漫畫書砌成的城堡，回想起自己曾經冷淡對待的業務員面孔，心中致上無上的歉意。

「所以你現在有把握應對人間各種生活作息了嗎？」林文有氣無力的說著。

「當然。」亞澈露出自信的微笑，抄起書包轉身走出門去。

看著亞澈的背影，琳恩沉吟了片刻，緩緩說著：「你知道我在想什麼嗎？」

「什麼？」林文輕啜著咖啡，試著讓自己混亂的心境平復下來。

「就是……亞澈該不會在打籃球的時候，會隨口大喊『流星灌籃』之類的話語吧？」琳恩壞笑著。

一聽到這話，林文直接把口中的咖啡咳出來。

「這——」林文遲疑了一下，完全無可否認的點頭，「確實非常有可能。」

「那就……」琳恩笑了出來，「拭目以待吧。」

林文完全無語了，心想：妳這分明就是期待不已！

結果等到亞澈把漫畫和現實再度有所區分之前，他早已成了學校的風雲人物。一位品學兼優、外表俊俏、氣質出眾的……宅男。

還記得亞澈臉紅羞愧的跑進研究室內的神情，讓琳恩笑慘不已。看著他支支吾吾的說以為漫畫是真實的內容時，連林文都無法忍住噴笑出來。

其實說起來這真的不能怪亞澈，畢竟漫畫中所畫到的內容，絕大多數都可以用魔法來辦到。對一個自小就活在魔法國度的他來說，漫畫裡的內容完全沒有誇大不實，甚至只要想做，都還是可以達成的。

也就因為這樣，他鬧了一場他人生中罕見的幾次大笑話。

自此，亞澈才終於學會現實和漫畫的差異，努力的朝平凡學生的道路上邁進。

在還沒有進到學校以前，亞澈以為人類就像林文那樣，執著認真於自己所喜愛的事物中。但來到這所學校之後，他才清楚並不是全部人類都是這般。

像林文那樣如此瘋狂探究的人反而是少數，至少在這所學校中，他很少看到這類的人。

另外，他也不清楚人類到底算是聰明還是愚昧的種族了。

許多人費盡苦心在學習一些非黑即白的科目，這種遵循規則有跡可尋的學科，反而考倒了許多人。但相對的，模糊不堪的神學科倒是人人都能拿到滿分……他真的很困惑。

當神學考試卷發還的時候，他發現自己是班上唯一一位在六十分左右的人，他是非常訝異的。

觸摸著考試卷上清晰可視的「憐憫」情緒，他知道是因為老師不忍心讓他低於所謂的及格分，才給他六十分的。

神學考試的考題大多數都是所謂的問答題，好聽一點的說法是讓學生自由發揮創意，難聽一點的說法則是方便學生瞎掰胡扯。考題絕大多數都是一些很簡單的問題，例如神愛世人的具體舉例之類的問題，幾乎所有學生都能輕而易舉的寫個「上帝讓我們體會愛的喜悅」這種回應。

但亞澈就是無法寫這種回應……

魔界從來沒有被神祇關照過，每位魔族從出生之時，就是靠著自己的雙手過活，調節大氣中的水氣，整頓即將崩序的地盤。

魔族沒有享受過神族的恩惠，而來到人間之後，他也沒有感受過神族的治理，但所有學生都能義無反顧的寫出上帝是多麼恩寵於人。

所以毫無意外的，當學期成績單寄回住處時，亞澈看著神學科那一欄上的七十分，他知道課堂分數幫他加了不少分，但也頂多到七十。

相反的，當林文和琳恩看到這份學期成績單時，卻大力讚揚他。

「不錯，比我當初好多了。」琳恩讚揚的輕拍掌，「我當初被傳教士要求填問卷時，可是連一個字都寫不出來。」

說也奇怪，那張問卷明明就是用中文寫的，拆開來每一個字她都懂意思，但合起來的句子她就完全不能理解了。還記得當時傳教士看著她皺眉的模樣，貼心的給了張英文版本的，她只能啞然失笑。

而林文在休息時間離開研究室時，不經意間翻到了那張成績單，看了幾眼平均分數，又注意到亞澈那低沉失落的模樣，反而忍俊不禁。

「我似乎沒辦法學會神學。」亞澈沮喪的說道。

「噗……成績不代表什麼，難道你以為那些神學總成績拿到九十五分的，就代表他們真的理解神學嗎？」林文聳了聳肩，意味莫名的說著：「你只是不了解人類，當你了解了，你就會清楚為什麼他們能拿高分了。」

「什麼意思？」亞澈偏著頭。這跟人類的本性有什麼關係嗎？

「嗯……我無意批判人性，但人類其實是一種自欺欺人技能點滿的生物。」林文輕嘖了幾聲，「尤其粉飾太平更是大宗師等級。」

沒有意外的，亞澈的表情和他所猜想的如出一轍，完全的困惑與不解。

林文心想：太年輕了……應該要說魔族民風純樸嗎？不，不應該這樣說，眾界之中也只有人間是如此。

對於神族、魔族、修羅等民族來說，精神是不可汙衊的存在，他們本就是類似於精神生命體的存在，所以對他們來說，他們沒辦法撒謊，諾與誓更是不可違背的枷鎖。

但人類不一樣，沒有人清楚到底是因為人類一直汙衊精神而導致自己比其他各界種族短命，還是因為短命才毫不在乎的汙衊精神。

也因此，人間就這樣畸形卻壯觀的建立了起來。在謊言和真實之中的人間，異常的絢爛卻也令其他各界驚懼，宛若毒品一般的在各界中獨樹一格。

輕嘆了口氣，林文起身，走到書架旁將一本厚重的磚塊書取了下來。

「這是一本召喚師的歷史書，記載著各種詐欺的史實。」林文笑得很無奈，但這本書在召喚學中卻被推崇到非常崇高的地位，「對於使魔來說，這本書裡面記載的都是些可惡至極的詐騙案例；但對人類來說，那些都只是與部分事實重疊的謊言罷了。」

林文將書推了過去給亞澈，端了杯咖啡揮了揮手，就又走進研究室內了。

當門即將關上的那一瞬間，林文的聲音穿透了門扉，嗓音聽起來有些遲疑卻還是說了：「亞澈，現在說可能已經有些太遲了，但切記……有時受傷了真的不是你的錯，所以不需要同流合汙，做真實的自己比什麼都來得重要。」

亞澈靜默的點點頭，翻開了那磚塊書的第一頁，欺瞞和猜忌的惡臭撲鼻而來。

「我以為你會捨不得把他染黑的。」琳恩早就坐在研究室內的椅子上撐著腮，眼眸中有些許驚訝的望向林文。

「妳還敢說！最想把他染黑的不就是妳？」林文翻著白眼，沒好氣的說：「讓他去天主教學校，不就是想讓他知道人間有多麼仇視惡魔？」

「我是為了他好，而且我給過他選擇的機會了。」琳恩十指交合的放在口前，只露出神秘的雙眼。

「看樣子妳被人間帶壞了。」林文冷哼一聲。那種選擇有跟沒有是一樣的。

「誰知道呢？」琳恩站起身，將林文手中的空咖啡杯收走，掛著微笑卻空洞的說：「我也曾經相信諾與誓，直到我見證過太多的故事結局……這是個虛假的世界。」

「那妳還學起這虛假的世界，跟著戲耍著妳的召喚師。」林文怨尤的看著琳恩的臉。

琳恩只是一愣，隨即輕笑不斷：「這可能是因為有個太單『蠢』的主人緣故。」

「我會當作是妳中文咬字發音的問題。」林文強作鎮定說道。

「不愧是自欺欺人技能點滿的生物。」琳恩懶洋洋的笑了。

「……」

※　　※◆※　　※

亞澈的人間心得之二，人類是種喜歡找罪受的生物……

皎潔的滿月高掛在無雲的夜空之中，蟲鳴鳥叫在荒煙漫草間清晰的斷續傳出。

如果扣除掉身旁荒廢的墳墓堆，和那一點風吹草動就嚇得尖叫群抱的學生，這處地點應該可以算得上是清幽雅致之境。

但很可惜現在除了自己，其他人都認為這裡宛若地獄般恐怖。

……他實在很想跟他們說，真實的地獄比這裡可怕太多了。

又是一陣黑影從草叢間掠過，然後一聲震耳的慘叫為之響起，彷彿是演奏協奏曲般的默契，看著在身旁不斷發抖的女孩緊抱著自己手臂，亞澈毫不懷疑自己袖子下的手早已瘀青紅腫了。

為什麼自己會想要參加這次的夜遊呢？亞澈頭疼的按了按太陽穴。

回想起下午的記憶……

「亞澈，你今晚要來參加夜遊嗎？」蘇駿從人群中走了出來，坐在亞澈面前，期盼著他的回應。

「夜遊是？」亞澈眨了眨眼。是人類某種社交辭令嗎？

「連夜遊你都不知道？」蘇駿詫異的看著亞澈。

有時候他真懷疑眼前這一位是從古代穿越過來的，許多東西亞澈都彷彿第一次見到般，大多數的東西都能用來自鄉下解釋，但有時候全班都會覺得已經誇張到無法解釋的地步。

沒打過籃球，至少也該聽過籃球吧？

他想起亞澈第一次上體育課時抱著球一臉迷惘的模樣，這景象讓班上所有人笑了許久。

「夜遊就是在晚上出門探險，嘿嘿，這可是拉近男女間距離的好活動。」蘇駿興奮的說著，同時將手機翻轉了過來，將其中一張照片放大。那是一張女生團體合照，穿著和天主高中不同的制服，深藍色的裙子搭配淡黃色上衣的制服。

「這次我們可是找到北都有名的高中來參加的，所以一起來玩吧。」

拉近男女間的距離？所以應該是宛如舞會般的活動吧？

結果證明他的腦補完全大錯特錯，與其說是拉近男女間的距離，倒不如說是讓男女緊貼在一起的活動。

亞澈終於明白，當他想要找琳恩姐一起去挑禮服參加夜遊時，在旁邊吃飯的林文會笑到噴飯，琳恩姐只是含蓄的嘴角微彎，身子卻因忍笑而顫抖不已。

「相信我，穿件耐髒的牛仔褲，上半身打扮不要太俗氣就可以了。」過了好一會兒，林文才終於停止發笑。第一次笑得如此痛苦，也真是不容易。

「不過，亞澈的外貌如此出眾……為了避免衣服的報銷率，還是穿得隨興點吧。」琳恩講得很含蓄。

而現在，他終於了解琳恩姐的含意。

這種抓法、抱法，就算穿著數千年前的金縷衣，怕也是不夠堅固。

才剛這麼想，亞澈就發覺自己身上的白襯衫領口已經被扯裂一部分了。

要知道他是被強制從魔界召換過來的，別說是行李了，光是衣服就只有那一套，所以現在的衣服都是仰賴琳恩幫忙他張羅的。

雖然琳恩從來沒有跟他說過錢這回事，但寄人籬下亞澈很是低調，完全不願意多麻煩琳恩。

所以他現在可以把手抽出來了嗎？尤其在旁邊幾個男生一直往這扔出怨尤的眼神之後，他實在非常願意把周圍這些立志把他耳膜震破的女生全送給他們。

「亞澈，人家好害怕。」身旁的女生一邊說著，一邊緊貼住他的手臂不放。

——敢情妳的恐懼難道可以藉由磨蹭搓揉別人的手臂消失？

亞澈無力的低垂著頭，他已經完全放棄從女生的擒抱中掙脫手臂了。

就在一片風聲鶴唳中，隊伍終於停止前進了，亞澈探了探頭，那是墳墓區最偏遠荒涼的角落，破敗的木板上模糊的寫著「生人勿入」這四個字。

但這能夠擋住這群追求自找苦吃的人類？亞澈很懷疑。

「怎麼停下腳步了？」一個剛剛沿途叫不停的女生，終於恢復冷靜的詢問。

「這個——」蘇駿扯了扯隱沒在樹叢中的塑膠封鎖線，鮮黃的顏色上印寫著紅色的警告，依照塑膠風化程度看得出來是才剛封上不久。他問：「怎麼樣？要闖進去嗎？」

眾人面面相覷，女生們都安靜的看向男生們，男生們也拿不定主意。

亞澈看了眼亂葬崗深處，連想都沒有想就出聲了：「不要去，裡面很危險。」

「我看你是怕了吧，膽小鬼！」男生之中有人一聽到亞澈的反對，立刻跳出來喊話。

然後一個、兩個的都跳出來支持繼續前進。看著他們得意的目光，亞澈實在是很想甩手轉身離去。

他知道人類是種喜歡挑戰心臟強度的生物，但這跟找死是兩碼子事。

他的直覺和理性都告訴他不能進去，怎麼這群人的神經卻粗到跟海底電纜有得比，完全沒有任何察覺危險的能力？

敢情諸位身上的神經是裝飾用途的？他實在很想這樣問候這些人。

「那少數服從多數，走吧。」帶頭的人朝亞澈壞笑了一下，隨即穿過封鎖線往裡邊走了。

看著有人往前走了，其他人也不甘示弱的紛紛穿過那條警戒線。

「我也覺得不該往前了，但那群人被忌妒沖昏頭了。」蘇駿嘆息的站在亞澈身旁，搓了搓臂膀說：「不知道為什麼我總覺得有點不安，不然我們去山腳下等？」

「你先下山去，我去把他們帶回來。」亞澈咬牙道，將皮夾中的召喚學研究所名片遞給了蘇駿，「如果我半小時之後沒有回來，你就撥這電話，麻煩他們過來救人。」

話才一說完，亞澈就穿過封鎖線，繞過了樹，身影轉眼就消失了。

捏著手中的名片，蘇駿看了看左右，連忙跨過封鎖線正要喊住亞澈，卻沒看到任何人的人影。

看著周遭盡是些活像鬼影的草木，就連石階上的陰影都如同鬼魅般的笑魘……

「不會吧！老大，你就這樣把我一個人丟在這種鬼地方？」蘇駿震驚不已的痛罵著亞澈。

封鎖線內的一角——

血水和刃光不斷在空中交織著，戰鬥雖處於白熱化的跡象，但此處的氣溫卻越來越低，雖然不明顯，但身穿秘警署制服的那一方正逐漸的被壓制中。

「誰能夠給我個解釋，為什麼普通學生會在這種鳥時間來到這種鳥地方？」肌肉魁梧的黑人壯漢手持著巨型長槍，對著在後方的學生們惱怒大吼著。

要不是為了護衛這群學生，秘警署怎麼會逐漸落於下風！

但眼前這群學生卻沒有人能夠回答他的問題，只會不斷發抖和尖叫著，讓他實在是非常不爽。

「能夠先讓學生們出去嗎？這種綁手綁腳的戰鬥對我們只會越加不利。」金髮牧師服的女子在一刀砍飛來襲的魔族的頭後，冷靜的問道。

「沒有辦法，光是護著他們就竭盡全力，要撤出去根本不可能。」手持機關槍的小莉冷笑了一聲。

他們和第零小隊費盡苦心的計畫下，等著要把罪業會一舉拿下之際，這群愚蠢的學生們就這樣莫名的闖入了罪業會儀式現場。

在看到罪業會毫不猶豫對擅闖儀式的學生痛下殺手的時候，他們只好放棄埋伏，全部衝出來保護這群學生。結果罪業會的人見到此狀，還是沒有放棄儀式，反而也跟著全部衝了出來火拚，招招都瞄準著站在中心的學生，讓秘警署眾人的力量一點一點被削弱。

這種時候，比較現實的做法是將學生棄之不顧。因為依照現有的戰鬥力，要攻下罪業會絕對綽綽有餘，這是必勝的方法，但絕對不是最好的方法……

「老子忍不下這口氣了！」黑人壯漢話一說完，手中的長槍在空中迴旋著，打開了一道缺口，卻也讓防線破了一口。

「尚恩！該死，回來！」小莉怒吼著。這個白痴！她突然有股衝動衝上前去踹尚恩的腦袋，反正裡面應該也只有肌肉吧！

她手中的符文機關槍早已瀕臨極限了，當符文機關槍過熱現象發生的時候，只怕秘警署所有人都得在這裡陪葬了。

「只能趁現在突圍了，跟著我們走！」金髮女子苦澀的微笑，手中的祭司刀早已被汙血與白骨鈍化了，之所以還能破開來襲的使魔，絕大多數的原因是仰賴上帝的加護。上帝的確無所不能，但她不是，至少她的魔力已經逐漸見底了。

情況是真的很不妙……尚恩不是莽撞之徒，他很清楚再這樣被圍困下去，早晚會彈盡糧絕，相反的，罪業會只是不斷依憑著召換法陣喚來使魔助陣，當秘警署眾人力竭之後，他們面對的就是罪業會以逸待勞的成員了。

尚恩雖然闖入敵陣之中吸引走部分的火力，但少了他的防護，秘警署的人卻更加搖搖欲墜，小莉的制服早已被撕裂開來，一直以優雅姿勢攻擊的金髮女子的髮尾也燒捲了一角，其他成員狼狽的情形也所差無幾。

就在所有人憂心重重的時候，一股純粹幽暗的魔力從戰場旁散布出來。

——這股魔力！

秘警署所有人的臉頓時轉青，這種沒有一絲雜質的黑暗，只在擁有皇族血統的魔族身上才有可能窺探到。

相對的，罪業會成員喜出望外的互看了一眼，但身為召喚師的人卻是一半困惑、一半喜悅……出席這次任務的召喚師之中，有人能召換到如此高貴的魔族嗎？然後，一股微弱卻清晰的嗓音，從耳間流入卻在腦中炸裂開，讓所有人精神為之一愕。

「吾以混亂皇族血脈，魔后之尊希瓦娜之名，令汝等驚慌恐懼——」張開惡魔羽翼的亞澈，在半空中被言靈反噬，身子一震，嘴角的血水緩緩滴落，他聲音沙啞乾枯的補上後半句：「唯主之信徒得以幸免於難。」

一瞬間全場的人和使魔都驚恐了，但秘警署中受到影響的人卻沒有罪業會來得多，少數的人驚恐尖叫，但絕大多數的人包含學生們，都一臉茫然的看著迷失在恐懼中的人。

「還不走？」

亞澈的聲音虛弱縹緲的傳了出來，秘警署的人這才回過神來，連忙架起因恐懼而脫力的同僚和學生們，迅速的撤出包圍圈。

看著平安脫逃的人類，亞澈疲憊不堪的緩緩降下。

——聲帶可能被言靈炸裂了。

他虛弱的苦笑著，就連羽翼都彷彿被灌了鉛般的沉重，身子晃晃蕩蕩的從半空中跌落而下。

沒辦法，這幾個月在林文的藏書中，他終於認知到為什麼自己的言靈是如此軟弱不堪。

言靈的力量取決於說者的自信和被說者的相信。

雖然難堪，但不得不承認，「亞澈」這名字別說是人間，就算是魔界也沒有幾人知曉。

僅依靠血脈的力量，他很清楚根本不可能讓言靈成真。所以，他不得不借用了母親的名字。

看著混亂的人們，亞澈得意的笑了。

果然，母親的名諱是如雷貫耳啊！但這種謊言是言靈的大忌，就算自己和母親的血脈關聯使得反噬得以減弱，但禁忌就是禁忌，源源不絕的血水不斷從口中咳出，止都止不住。

懷中的紫水晶護身符更是不知何時早已碎成一地碎晶，亞澈愧疚的緊捏著碎裂的護身符。

——連護身符都賠掉了是嗎？我以為能夠把這護身符當作和他們的紀念品，但卻在這裡毀壞了。

「對不起……」

亞澈精神恍惚的喃喃致歉，雙眼逐漸黯淡，意志渙散的只能默默看著黑影從旁逐漸上前來……

※　※◆※　※

黑暗中，兩人的身影在紫水晶破碎的晶體中現身，兩人都是茫然的看了看彼此，隨即乾嘔了起來。

「我想過各種被召喚來的情景，可能被天使包圍，或者牧師、修女，甚至是唱詩班的敵對目光。」林文一手還握著無線滑鼠，另一手緊捏著鼻子，露出反胃的神情說：「但就是沒有想到會是在被嚇得屁滾尿流的人群中。」

琳恩只是默然蹙眉的掃視周遭，再看了眼手中的半截吸塵器，很顯然已經沒救了。這才剛買不到三天，雖然還在保固期內，但廠商有可能接受嗎？尤其後半截的吸塵器還插著電源，正在使用中，突然被水晶墜飾的召喚陣分成兩半……這到底會不會引發火災啊？

「我們有保火災險嗎？」琳恩納悶了。

「嗯……好像有，又好像沒有，我也不太確定。」

林文回想了一下，還是沒印象，看著琳恩手中的吸塵器的慘狀，他很慶幸他的滑鼠是無線的。

「怎了？啊！放心啦，不是有句話說舊的不去，新的不來？」

看著林文得意洋洋的樣子，琳恩扁了扁嘴。

現在要是跟他說有可能會發生火災，他絕對會把這件事丟給自己，優先衝回去搶救他研究出的心血結晶。

琳恩沉思著：反正從客廳燒到研究室內大概要燒半小時吧，那就先別提了，省得讓他心猿意馬的。

想到這裡，琳恩聳了聳肩，對著林文露出了充滿惡意的微笑，「沒什麼，套句你剛剛說的，『舊的不去，新的不來』。」

看著琳恩的笑魘，林文全身的寒毛都站了起來。為什麼同樣一句話從琳恩嘴裡說出，卻讓人感覺到森然可怖？這實在是很值得探討的主題。

「所以亞澈還好嗎？」林文擔憂的望了眼琳恩。

「沒事，雖然碰觸到禁忌，但你給的護身符還是保護住了心脈，不過這喉嚨的傷勢……可能要去魔界一趟才能完全復原。」

琳恩檢查了一下亞澈，心裡頭不得不讚嘆林文，他給的護身符竟然能夠從某個方面和言靈反噬抗衡，光是這一點就可以讓坊間一些專研防護法陣的專家回家吃自己了。

就在林文和琳恩討論亞澈的傷口該如何處理時，原先騷亂的現場不知不覺安靜了下來。

「你們還有空醫療傷患？難道你們不知道你們得罪了誰嗎？」

終於罪業會的人擺脫了混亂和恐懼，怒氣沖沖的包圍著他們，活像是恨不得放血拆骨般的怒瞪，但卻完全沒有威懾力。

實在是因為尿騷味太重所至，他們越包攏過來，不要說林文和琳恩，他們自己人都不免皺起眉頭，有些人甚至反胃了起來。

「得罪了幫●適的成年紙尿布代言人嗎？」琳恩用手摀著鼻子，一手還故意搧了搧，冷笑一聲：「還是大象邦邦？」

看著罪業會的人被取笑得臉一陣青、一陣紅，林文光是在旁邊看就只能不斷忍笑著，好不容易才終於正色道：「我想大家都在趕時間，我們有傷患，你們也需要時間去清理……某些痕跡，所以就各讓一步如何？」

「去死吧！」

惱羞成怒的罪業會頓時忍不下這口氣，全衝了上來。

林文嘆了口氣，他實在是很懶得動手動腳的人。

不幸的是，琳恩比他更懶……除非他親自開口命令，不然琳恩絕對連碰都不想碰到他們。

果然，當罪業會的人一衝上來的瞬間，琳恩就從容不迫的抱著傷重的亞澈，張開羽翼飛上了半空中，張開結界好整以暇的看著底下不斷咒罵的人們，大有作壁上觀的意思。

底下那群滿腔怒火的人們，在發現到自己的法術完全打不穿結界時，頓時將矛頭全轉向了一旁的林文。

「妳把他們惹火後，就不管了？」林文苦著臉驚愕道。

身旁的火球和雷電不斷在他所張開的結界上炸開，比他印象中的任何一場煙火都還要絢爛，畢竟煙火不可能在眼前炸開來對吧？

「通常保護主人是女僕的職責之一。」琳恩漠然的看著林文，隨即將頭轉了過去，淡然的說：「但我實在不想弄臭衣服。」

那我就想嗎？林文愕然了，他只好在對方轟來的各種咒法、炮火之下，無奈的一點一點召喚些低階使魔出來。

戰況逐漸陷入緩慢的步調……整座墳山上的氣溫來到新低點，呼吸白濛，就連草木也都結霜了起來。

「林文。」琳恩看了看錶，突然喚了他一聲。

「怎樣？不要告訴我妳突然良心發現了？」林文沒好氣的看了她一眼，在重重魔法炮火之下，他現在只能召喚一些低階的霜狼，一點一點的嘗試用低溫把罪業會的人困在冰雪之中。

「已經過了十分鐘。」琳恩抿著嘴，猶豫了一下，還是決定推他一把，「你大概只剩下二十分鐘左右了。」

「什麼意思？」林文心底不安的看著正不斷遠眺研究室的琳恩。

「還記得吸塵器嗎？我懷疑、可能、或許、大概、有機會能引發火災。」琳恩邪惡的笑了一下，「所以，如果你想要搶救你的心血，你可能要加緊腳步了。」

「……」

林文茫然的看著琳恩，又看了看研究室大概的方向，久久不能言語。

「有破綻！大、大家上！」

罪業會的人發現到林文的異狀，欣喜若狂之際，這座位於亞熱帶的墳山突然颳起了島國歷史上第一場暴風雪！

琳恩只是嘻笑的看著周圍的人都被凍了起來，她熟練的把結界加上了控溫效果，防止亞澈失溫。

雪女、霜狼、冰妖等低階使魔警戒著四方，還沒登場幾秒，就又全部被林文收了回去。

「你不徹底解決掉他們嗎？」琳恩一派輕鬆的抱著亞澈落回地面，毫不在乎林文的怒火。

「失火比紙尿布代言人重要多了！」林文氣急的大喊著，手中的法陣一換，夢魘被糊裡糊塗的召了出來，都還沒開口就被林文翻身騎了上去。

「去哪？」夢魘很少看到如此驚慌失措的林文，連牠都有些訝異。

「回家！」林文大喊著，隨即身形化成一道影便消失了。

看著林文慌亂的背影，琳恩壞笑了一下，心想現在應該才剛燒到門口吧！

林文十萬火急的踢開了門扉，手中的滅火器早已蓄勢待發，卻看到那被切成一半的滅火器只是發出陣陣燒焦味，完全沒有火災的模樣。

「琳恩……妳這個惡魔！」林文氣憤的將手中的滅火器丟在地上。

「我本來就是惡魔。」悠悠哉哉的從後面走了過來，琳恩用遺憾的眼神望著吸塵器。

「我差點被妳弄到心臟病發！」林文氣急的吼著。

「當初是你堅持說要買有線的吸塵器。」琳恩懶懶的說，「可不是我。」

「這麼說還是我的不對？」林文氣得發抖。

「那麼以後家電要不要都換成無線？」琳恩饒富趣味的盯著林文。

「要！」林文咬牙切齒的回應。

「嘖……果然就像你所說的，舊的不去，新的不來。」琳恩淡然的笑了。

「……」

林文握著智慧型手機的手用力得發白，他憤恨的滑手機翻找著，但卻找不到女僕工會，只有執事工會的官方網站。

……有沒有人知道家中有惡魔女僕，能夠向執事工會申訴嗎？

The summon is the beginning of bad luck

Chap.4 天才少女與魔界王子

躺在休息室沙發上的亞澈臉色蒼白，十分虛弱的模樣，讓林文和琳恩猶豫了起來。他的傷勢很明顯是因為言靈反噬造成的重創，這一點他們兩人都知道最正統的醫治方式——丟到魔界去。

魔界至少有數百種草藥可以拿來治療這種法術反噬的棘手狀況，但相比起來人間就寥寥無幾，不是效果奇差無比，就是被各門派護衛保全著。

如果亞澈有跟林文締結契約的話，那麼林文就可以先去魔界、再把亞澈召換過去，但很可惜的是他們兩人之間完全沒有半點契約關係，而直接拖著重傷的亞澈硬闖過人魔結界，即便真的成功抵達魔界，那時大概也是去找棺材店而不是藥鋪了。

想來想去，林文還是將手中的那本符文魔法書攤了開來，書頁自動的翻到了一張簡單樸素的符文陣。

「委託他們的話，仲介費會高得嚇死人喔。」琳恩才瞄一眼，就知道那符文陣的目標是誰了。

「這也沒辦法，如果真的無力負擔，就請他們去向混亂之后請款吧。」林文沉悶了一會，也只能這樣說。

這符文陣是個通用召喚陣，是魔界最大企業「契爾瓦」的專門召喚陣，召喚的門檻很低，原則上只要有點魔力，甚至只要有心的凡人都能召喚出契爾瓦的職員，而這些職員也不是什麼了不起的惡魔，別說是魔力量，就連攻擊力也低到一種讓人失落的地步。

正是因為如此，這些契爾瓦的職員幾乎可以無視六界結界自由穿梭，而這也代表契爾瓦的營業範圍擴及六界，收費自然也是高到令人髮指的地步。

林文只和契爾瓦做過一次交易，當時是因為想要嘗試神器召喚，需要魔界特有的水晶靈體，因而和契爾瓦進行交易，結果是一聽到收費標準，就讓林文很想扯著那個奸商的領子大喊其實你是土匪吧！

話雖如此，但此刻能拜託的也就只有這些土匪了……林文絕望的頹下了肩。

符文陣的光輝一閃，一位身穿白襯衫、西裝褲的男惡魔現身，恭謙有禮的彎腰，揚起商業式的微笑，「感謝貴客您的召喚，契爾瓦於此回應您的需求，需要什麼應有盡有。」

林文和琳恩交換了一個眼神，琳恩微笑的露出惡魔角和羽翼出來，「契爾瓦有阻靈草嗎？」

「阻靈草？當然。」契爾瓦職員點了點頭，隨即將手邊的計算機舉了起來，林文只看了一眼就跳了起來。

「不對吧！這麼多零，你是手指抽筋對吧？」林文不可置信的數著，至少七個零，「阻靈草對於魔界來說，不就好比人間的九層塔！」

「貴客話不能這樣說，我已經看在同鄉的分上打九五折了。」契爾瓦職員搓了搓手掌。

拉住了暴跳的林文，琳恩清了清喉嚨，問：「不然我們用以物易物的方式可以嗎？人間的許多東西對於魔界應該也很有價值，對吧？」

契爾瓦職員愣了一下，隨即轉頭對著懷中的魔水晶說了幾句話之後，對著兩人點了點頭說：「上級同意了。我們這邊可以接受處女血，畢竟吸血魔族一直都很想要這項產品。」

「那太好了！我們快去血庫吧。」

林文喜出望外的看著琳恩，但琳恩卻是苦笑的再度指著話還沒說完的契爾瓦職員。

「但年輕女孩的處女血實在是太稀鬆平常了，我們這邊希望的是芳齡二十八的美麗處女的血。」

二十八？美麗？還要處女？這種女性在這個世代應該已經被劃分為保育類珍稀種了吧？人世間就算女性沒有開放觀念，但男性也都盡是獸性，哪有可能會有二十八的美麗處女啊！林文瞪大了雙眼。

「等、等一下，血就血，為什麼還要指定年齡和外貌？這有差嗎？」

「商業附加價值。」契爾瓦職員淡笑道：「請注意，我們企業雖然收費有點高，但從不拿假貨給顧客的，所以還請兩位也不要嘗試魚目混珠的行為。」

只是有點高嗎？那高利貸不就是慈善事業了？林文不滿的怨道。

話說到此，林文原先在心底的打算頓時煙消雲散了，原本想說隨便拿瓶血扔給他們就算了，但看著那商人精明的雙眼，對方肯定一眼就能洞穿他的假貨。

「不然這樣好了。」琳恩輕笑道：「處女血的市場應該早已飽和了，對吧？畢竟男性市場競爭如此激烈，貴企業不考慮開發女性顧客市場嗎？」

「您的意思是處子血？」契爾瓦職員皺眉，這的確是個還沒有人開始販售的商品，要知道處女血雖然受歡迎，但也只是在男性吸血鬼之中，至於那些吸血鬼伯爵夫人、公主根本就不屑一顧。

這樣考量起來的話，的確是個有趣的方向。

「那就同樣的標準吧，二十八、樣貌俊美的處男血。」

聽到對方的同意，琳恩神秘莫名的突然摟住了林文，「在貴企業眼中，我的主人應該算是樣貌俊美吧？」

林文驚駭的指著自己，原來現在在談論的商品就是自己嗎！

「這個……差強人意。」契爾瓦職員雙眼仔細的掃視著林文。

林文哭笑不得的看著眼前的商人皺眉的模樣，他現在到底是應該高興還是應該難過？他實在是不知道從何選擇。

「這樣吧，我也知道我的主人沒有帥得憤世嫉俗，但他可是人間屈指可數的大召喚師喔！這樣應該也算是另類的附加價值吧？」琳恩拍了下掌，「要知道，這也算得上是某方面的才子了，如此充滿內涵的血液，不覺得比那些空有外貌的俗人更顯得有價值嗎？」

契爾瓦職員在不知不覺中點下了頭。

看著琳恩和那商人之間的交流，林文終於發覺奇怪點了——那身為當事人的我的意見咧？

「等一下！我又沒有同意！而且你確定除了年紀，其他條件我有符合嗎！」他拍桌跳了起來。

「你還沒有二十八嗎？」琳恩托著腮疑惑了。

「我當然二十八了。」

「那就條件符合啦！」

「……」

林文的心中第一千零一次的湧出衝上前去爆打琳恩的衝動。

茫然的看著天花板，林文壓著手臂上針孔注射過的傷口。

剛才，就在混亂之中，他被抽走了一管的血。看著奸商如獲至寶般的捧著，他真是羞愧的想鑽到地下去。

「我們明明就可以叫他們去向混亂之后請款的。」林文聲音乾澀的說道。

「怎麼請？」琳恩沒好氣的說：「對不起妳兒子被強制召喚到人間，回不去之外，現在還身受重傷，所以拜託妳幫忙付治療費？」

「你是想要讓混亂之后親自殺到人間，還是想讓她在魔界急死？」琳恩冷哼了一聲。

「但是她現在應該也察覺到亞澈失蹤了吧？」林文尷尬的抓了抓臉，「我們是不是應該告知她一聲，會比較好？」

「我不想讓人家以為我們是綁架犯。」琳恩蹙眉道。

「不然先打聽一下？」林文提議後轉頭指著契爾瓦職員。

琳恩點了點頭，逕自走向對方，問：「方便向你打聽一些事情嗎？」

「嗯？」契爾瓦職員眨了眨眼睛，「如果太過機密的話，可能要收一些情報費。」

——這個該死的奸商！

林文和琳恩同時在心底痛罵著。

「沒什麼機密啦，就是混亂之國最近有什麼動靜嗎？」琳恩擺了擺手，「例如王子的下落，或者尋人啟事之類的。」

「王子？尋人？」契爾瓦職員不解的看著琳恩，問道：「跟您確定一下，您所指的混亂之國，是指魔后希瓦娜所統治的王國嗎？」

「嗯。」

琳恩和林文困惑了一瞬，不然魔界還有別的混亂之國嗎？

「王子的下落？」契爾瓦職員露出匪夷所思的神情看著琳恩，「魔后希瓦娜膝下只有三名公主，沒有王子喔。」

「沒有王子！？」

琳恩和林文震驚的看了休息室一眼，受傷的亞澈此時正躺在裡頭沉眠。

「等一下，你確定嗎？」琳恩再次確認道：「真的沒有王子？」

「當然。」契爾瓦職員彎腰行禮道：「王公貴族是敝社服務的金字塔頂端客戶，別說是王子公主，就連他們養幾隻寵物，我們也掌握得一清二楚。希瓦娜陛下只有三名公主，沒有王子。」

那……亞澈的身分是怎麼回事？林文和琳恩同時迷惘了。

※　※◆※　※

這……到底是在上演哪齣戲？林文和琳恩困惑了。

契爾瓦那群奸商沒有理由對他們說謊，亞澈當然也是。

更何況亞澈身上的魔力之純粹，毫無疑問是出身自王族的血脈，雖然這樣說顯得很現實，但在魔族之中血統決定了一切。

王族皇血的魔力和普通的魔族相比，完全不是同一個程度可以比擬的。

這不是靠努力就可以掩蓋過去的，或許修為深厚的魔族可以提升魔力，但雜質卻不可能精純化，也因此，魔界王族的存在是如此的不可動搖。

對王族來說，這是天賦……同時也是詛咒。

王族也會衰敗。在魔族的歷史中，數不清的戰敗王族淪落為傳承的奴隸、成為使勝利者血脈更加強勢的犧牲品，這是魔族歷史的黑暗面，連在魔界中也沒有多少人敢攤開來公然談論。畢竟，曾經的敗者在千年後也有可能成為勝者，而魔族向來是錙銖必較的種族，誰也不願意為了百年前的一句話搞得被王族盯上。

「但契爾瓦的職員說過了，混亂之國雖然名諱混亂，但在魔界眾國之中卻是少有的安詳和樂的王國，經濟和武力都不容小覷，別說近幾年的戰爭，就算是千年前的魔界大戰也沒有落敗過。」

琳恩指著桌上剛從契爾瓦職員那買來的《第一次讀魔界歷史就上手》，裡頭寫著其他各國五花八門的戰史，但混亂之國那一欄就是一片空白，完全和戰爭一詞扯不上關係。

「別說希瓦娜沒有機會成為慰安婦，對比亞澈的年齡，推算前後百年，連個內戰抗爭都沒有。」

「該不會是私生子？」

林文想了想，最不可能的答案就只剩下這個了。但魔后的私生子？難道魔界女人懷孕不會大肚子嗎？還是魔后懷孕偷生那一年，都學清朝慈禧那套垂簾聽政？垂到大家都看不見她的肚子鼓起？

「這……我沒聽過這種八卦傳聞。」琳恩聳了聳肩。

妳明明連魔后沒有王子都不知道。林文很無奈的腹誹。

但他也沒有什麼資格說琳恩就是了。別說魔界了，就連現在自己身處的島國總統姓什麼名什麼，他也完全沒有任何印象，更別論哪位總統有多少位千金公子……又不是拉保險的，搞那麼多無用的八卦占住記憶體做什麼？

「其實……離事實很接近了。」

亞澈微弱的聲音突然響起，兩人這才發現亞澈早就清醒了過來，雙目一片清明的看著他們。

「我沒想過我還能清醒過來。」亞澈感覺到喉嚨還有陣陣的刺痛，但比起自己當初預想的下場已經好上太多了，「我一直被母后藏在南院。」

「藏著？」琳恩呢喃道。

亞澈一臉平靜的回答：「是的，藏著。我在出生之時就被宣告死亡，眼下知道我真實身分的除了母后，就只剩下芽翼了。」

亞澈的聲音很淡薄，書房中回音飄蕩，時而蒼白，時而苦澀。

沉悶的氣氛在書房中擴散著，亞澈強作微笑的聳了聳肩。

他一直沒有刻意提這件事情，就是因為害怕這種尷尬。雖然認識不深，也不知曉林文和琳恩的過去，甚至連兩人的生日歲數都不清楚，但他很了解林文和琳恩是人類倫理觀念上的那種好人。

很多時候他們都可以撒手不理的，畢竟不是林文召喚他來的，也不是琳恩強把他送進高中就讀的，但就只是心中那淡如水的不忍，他們包容了自己所有的任性和荒唐。

天知道那管血液的用途到底是什麼？如果真的只是被吸血魔族當作美酒喝掉就算了，倘若不是，如果淪落到林文的仇家手中，不論是詛咒或者獻祭，都不會是什麼好下場。

但他們就是這樣付出了。

這樣怎能讓他再繼續沉悶的裝作什麼都不知道！

所以他出聲了，雖然這不能補償什麼，可是至少他會少一點愧疚。

「啪」的一聲，林文舉起手中的卷宗輕敲著亞澈的頭。

「你別想太多。」注意到亞澈那難過的表情，林文沉吟著：「我沒有拋棄流浪動物的習慣，更何況你也不是什麼流浪動物。」

「但……那血……」亞澈雙手握拳發抖著。

「喔，那個喔！莫慌莫慌。」琳恩眼神飄移開來，「反正林文從來就沒有把詛咒和惡法放在眼裡過。」

聽著這句話，亞澈望著林文。林文只是嘆了口氣，將上身的襯衫脫了下來，在他白皙的背上刻劃著一幅魔法陣，而魔法陣當中又有五個小魔法陣，錯綜複雜的構型讓亞澈看傻了眼。

「我距離人類的身分已經很遠了，現在連我都不清楚自己的種族是什麼，所以我才說妳確定我符合契爾瓦口中的『人類』嗎？」林文用責怪的眼神看了眼琳恩，然後苦笑的對著亞澈繼續說著：「這應該算是基礎知識吧！詛咒和惡法具有很明確的專一性，或者口語上的針對性……啊！反正不管是哪個，要詛咒我至少要用三種以上的結咒。」

三種以上的結咒？亞澈張大了雙眼驚訝極了。

「但這是不可能的……詛咒和惡法是沒有辦法結咒的，因為不同種族的咒力是完全不同的！」

「賓果，你說的完全沒錯。」琳恩歡喜的鼓掌了起來，欣喜的說：「所以你現在清楚了要咒死林文是多麼困難的事情了，真的能夠咒殺林文的人，那絕對會是詛咒學革命性的大發現。」

林文聽到琳恩的說法只能不停乾笑著。自己被咒死竟然和詛咒學的演進劃上等號，真的讓他無奈至極。

「總之，有故事的絕對不只有你一個。想在這待多久就待多久吧。」林文疲倦的說：「你的故事想講就講，我會洗耳恭聽，但如果你想深埋在自己心底，那也很好，朋友之間無須講盡秘密。人格分裂都尚且精神獨立，更何況我們還是不同身體的兩個人。」

就在林文說完起身要離去之時，亞澈抓住了林文的手，躊躇了片刻，將原先低著的頭抬了起來，小聲的問道：「這是個不短的故事……可能會耽誤你的研究，這樣也可以嗎？」

「當然。」林文拉了張椅子坐下，一邊說話還邊瞧了琳恩一眼，「反正我常被某人耽誤研究，才這麼一點時間我耽誤得起。」

琳恩完全不理會林文話語中的埋怨，還俏皮的吐了吐舌頭。

望著兩人在日常生活中常見的打鬧，亞澈輕笑了出來，他沉澱一下思緒，然後開口了……

那是發生在上古時代的故事。那時魔界和神界還是實質意義上的對等存在。當年的魔界版圖和現在截然不同，沒有眾多分裂的國家，只有唯一的國家和唯一的魔皇——亞里斯。

亞里斯在魔族的歷史中是位毀譽參半的皇帝。在亞里斯長達七百年的就位期間，魔界來到了有史以來的巔峰，但相對的，人間卻淒慘無比。

比起自律和秩序的神界，亞里斯採取幾近放任的方式，允許當時的惡魔輕而易舉的踏入人間，將人間的負面情緒吸得一乾二淨後再回到魔界。

說起來，這並沒有什麼不對。雖然這麼說顯得很可笑，但人類的「情緒」本身就是種不穩定到極點的危險因子。人類別的本事沒有，最擅長的就是渲染情緒、留下執念，這種無意識的行為無論是正面或負面，一旦渲染過頭往往會造成不必要的災厄。

例如人類在無機物上所殘存的思念，往往促物成妖，例如日本文化中的「九十九神」。這種隨意賦予物體生命的無責任行為，讓其他各界感到荒唐至極。

但更可怕的卻不只是這樣。

人類是如此的擅長傳染情緒給他人，卻也脆弱得無法抵抗他人所散發的情緒，同時又對諾與誓視如敝屣，使得少部分人類本已不安定的精神又加上重重扭曲，甚至出現了一個生命體內會有多種人格的詭異情況。對各界而言，這已經不算創造生命，這幾乎是創造靈魂了！

所以魔族吞食負面情緒，神族汲取正面精神，兩界種族的特性一正一負，讓人間的「思緒」無法長存。這該算是自然守恆的奧妙，還是造物主的巧思，誰也說不清楚。

但壞就壞在亞里斯的放牧政策。大批魔族進入人間後，當時的人類往往才剛生起半絲怨尤，下一刻那些負面情緒就消失殆盡；恐懼、忌妒、憤怒、憎恨等情緒，連個頭才冒出半顆，就被搜刮一空。

原本神界對這個情況還不以為意，仍舊是悠然自得的，按照自己的步調來汲取採收正面的情緒。

然而，很快的，神界才發現到事情的不對勁。

人類是一種極會傳染情緒的種族，這現象是其他各界生物無法理解的事實，畢竟別人家哭笑關自己家什麼事？但人類卻各個都會感同身受，看到喪禮會哀悼、看到婚慶會愉悅……也許起初都只是假意，但最後卻常常弄假成真。

由於惡魔橫行，人間突然變成了充滿愛、勇氣和希望的世界，情緒傳染的速度遠超過眾界所能預期的程度，就在眾界還拿捏不定這到底算好還是壞的時候，人間頓時異變了。

那是眾界第一次了解到人類口頭上常嚷嚷的「物極必反」這個詞的含意，微小的「扭曲」所造成的蝴蝶效應終於出現，過度充斥的正面思考使得人類打著正義的名目進軍，將矛頭指向所有的異己。

魔女狩獵、十字軍東征……被傷害的不單單只是人類自己，更多的是一直在人類社會陰影中生存的妖異靈獸。這無疑是種滅絕，所造成的後果就算放眼到現在，人間原生的妖異靈獸種類已遠不如神話中所描述的那般多樣。

人間真的變成只有人類獨大的世界了！

而且災禍似乎不在人間，「扭曲」就像是毒瘤般開始擴散出去，一開始只是眾界的通道，然後是邊境，甚至到了各界的國土……

神族想要修正、遏止這種「扭曲」，但疲於奔命的結果卻只是杯水車薪，因為能動用的人手實在不足。比起多產的人類，神族簡直就是少數民族中瀕臨絕種珍稀的保育類，應該用玻璃圍牆保護住，甚至用基因科技幫忙量產才行！

千百年來，神族都維持著差不多的族群數量，沒增加多少人口，這足以讓神族慶幸了，誰教神族的性慾淡薄到令人髮指，人口數只要不往下掉，就讓他們可以感謝造物主的慈悲。

既然神族的人口數量無法在短時間之內趕上人類，那就只能期待天秤另一端的協助了。

如果魔族能夠抑制自己的取食，讓人間再度烏煙瘴氣的話……不用太多，只要讓人間當下的「太平盛世」能夠蒙塵就夠了。

亞澈無奈的點頭。

「呵呵，這是不可能的吧？」

琳恩聽著故事不禁發笑，身後的惡魔羽翅笑到發顫，「要惡魔為人類著想？不可能。為神族設想？更是不可能中的不可能。」

神魔之間一直有種非常強烈的競爭意識存在，雖然沒有如同人類書中所記載的見面就舞刀弄槍，但身為相互對立的種族，另一方的慌亂失措只會讓己方更加歡愉。既然如此，那何必讓自己看好戲的機會就這樣消失？

雖然魔界也有受到扭曲的波及，但……不礙事，真的不礙事！難得能看到那些高高在上的神族烏煙瘴氣的模樣，這一點點「扭曲」，魔族的大家都能接受的。

因此，魔族的斷然拒絕，是眾界都預測得到的結果。雖然各界早知如此，但卻不能接受這樣的結論。別說神族不行，就連一直悶不吭聲的夢土、冥道、仙界等，也都不能接受。

沒有界域肯摸摸鼻子自行對抗「扭曲」，所以一次又一次的談判不斷上演，然後再一次又一次的破局。

其他各界開始想要把魔界來使痛扁一頓，要不是有「兩界交兵，不斬來使」這種潛規則在，魔界來使的殉職率應該會高到嚇死人。

就在眾界忍無可忍的情況下，魔皇亞里斯總算親臨和談會。

「聽說你們殷殷切切期盼著我的到來？」亞里斯帶著惡意的笑容，拉開椅子坐了下來，雙腳囂張的蹺在桌上，完全沒有任何皇族禮節的顧忌。

——真的很欠揍！

環繞在會議桌旁的四界大老都敢怒不敢言的瞪著亞里斯。

「怎麼？難得我親自來到現場，又都不說話了？」亞里斯率性的打了個明目張膽的哈欠，「既然這樣，那我就回去囉？」

「等等！」仙界之長——仙尊按捺不住，連忙喊了出來。才開口，仙尊就窺見到亞里斯那得意的眼神，整個人頓時後悔起來。

對談判桌上的角力，亞里斯向來得心應手，尤其在對方處於被動的時候，更是強勢得令人厭惡。

「我就直接打開天窗說亮話了，亞里斯！管好你的種族！」神老怒目瞪視亞里斯，完全沒有半點掩飾。

「為什麼？他們違反了神魔和約？還是他們傷天害理了？我的子民們應該沒有玩弄人心吧？據我所知，他們不都是安分守己的攝食完，就乖乖回魔界了嗎？」亞里斯露出一臉無辜的神情，表情全然困惑，彷彿遭受誣陷的模樣。

「夠了！你根本是睜眼說瞎話，我們所指為何，你分明心知肚明！」夢土的代表——夢囈開口，他的聲音宛若陣陣空洞的迴響，虛無縹緲的指控著亞里斯。

「啊啊……」亞里斯故作懊惱的拍了一下前額，發出響亮的啪的一聲，「你們是指『扭曲』擴張的事情？嘖……這我也很煩惱，為了這件事情，我沒少奔波過人間與魔界的界限，這真的是很麻煩對吧？」

一直在一旁始終保持沉默不語的冥界亡帝，不置可否的點下了頭。

亞里斯的手還停留在面上虛掩，讓人完全看不出任何神情，但卻沒有遮住臉部下方的那抹獰笑，「……可我就是一直期盼著能給你們找麻煩啊！」

他高舉的手垂了下來，露出了一直藏在手掌底下的神情，帶著邪魅的劍眉歡騰的揚起，就連那雙理應漆墨如夜的雙瞳都無可避免的放出得逞的光輝。

「你是想一口氣跟四界宣戰對吧？」神老無法容忍的站了起來，凜然刺骨的殺意瀰漫了整個房間。

不只是神老，仙尊、亡帝、夢囈也完全沒有保留餘地的凝視著亞里斯，談判會場鄰近的空間一時間彷彿凍結。各界領袖所散發出懾人的威壓，讓所有在會場外守候的各族護衛不是昏厥就是失禁。

但亞里斯的笑靨還是沒有隱沒，他只是輕輕笑著，笑得讓所有人都毛骨悚然……

「然後哩？」林文好奇的看著歇口的亞澈。

「沒有然後了。」亞澈苦笑的攤手表示，「史書上只寫說，魔皇亞里斯至此退位。相對的，五王二后於此時趁勢崛起，並克守魔族本分，協力鞏固人間平衡。」

「什麼？就這樣結束？」林文嘴巴微張，驚訝的說：「沒有人去追查過那位魔皇的下落嗎？」

「不清楚。」亞澈搖了搖頭，他看過宮殿所收藏的史書，對於魔皇的退位不是一句話帶過，就是根本連提都沒有提到。

「這樣聽起來，應該是被抹殺了吧。」琳恩的語氣中完全沒有半分同情，畢竟單槍匹馬的一人赴會還這樣挑釁，這不是找死是什麼？

「等一下，我還是不懂！這位亞里斯先生的豐功偉業和你的身分被隱藏，有什麼關係？」林文想了一下，雖然這種歷史八卦是很值得當茶餘飯後的閒嗑牙話題，但這跟亞澈的身分有什麼關係嗎？

「其實重點不是魔皇亞里斯的歷史評價，而是他的身分。據說魔皇亞里斯繼承了六界創世起就存在的上古魔族血統，典籍中記載著他能夠吸收七情六欲，所有的負面情緒都是他的力量來源。」亞澈講到這裡有些難以啟齒，沉吟了一會，眼神飄忽開來，「而我跟他一樣，這才是為什麼我能夠留在人間的緣故。也是因為這樣，母后才把我藏了起來，深怕我的存在被其他六國發現。」

「喔，原來如此，這樣一切就說得通了。」林文和琳恩相視，彼此苦笑了一下後感嘆道。

亞澈可以長存人間的緣由總算真相大白了。要是只憑人間的混亂情緒就可以讓他長存人間、魔力充沛，那才是最弔詭的事情。

一開始亞澈初來人間的時候，讓林文好幾天都看著新聞社會版感嘆，只不過是一些芝麻蒜皮的小事就能讓王族留在人間？人間還真是恐怖。但假如所有的負面情緒都是亞澈的魔力來源，那這樣一切都解釋得通了。

「你們早就猜到了嗎？」亞澈愣住了，他一直以為自己掩飾得很好，完全沒想到被發現的可能性。

「大概有感覺到詫異的地方，這樣聽起來應該是返祖現象無誤。」林文歪斜著頭想了一下，只有推敲出這種可能。

但亞澈卻露出一副不解的模樣，呢喃的重複道：「返祖現象？」

「不然呢？難道你要跟我說你的生父其實是亞里斯？」林文不禁莞爾，「你該不會一直這樣認為吧？」

「不、不是這樣嗎？」亞澈驚愕了，茫然的看著林文，「我……我一直以為是這樣……」

林文推了推眼鏡。所以他一直認為知識是很重要的，至少可以避免胡亂瞎猜，認錯人作為父親。

「你說，亞里斯退位是多久以前的事了？」林文揉揉太陽穴，問道。

「兩千年前左右。」亞澈小聲應答。

「那不就得了！就連人間都是這百年之內才發展出冷凍精子技術，魔界的科技……呵呵。」林文咧嘴笑開，「你說亞里斯統治了魔界七百年吧？粗略算一下，他要是活到現在至少兩千七百歲了，魔族之中，不，應該說六界當中，沒有能保持兩千七百年都清醒的生物。」

「生物存在於世，也許可以輕易活到千年，但相信我，這其中清醒的時間連一半都不到。」林文扳了扳手指，把平常講課的那套全搬出來，「萬年樹精說是說萬年，光沉眠可能就花了大概八千年吧？魔族無法進行沉眠的話，最多大概就五百年壽命吧。」

「那還是有沉眠活到現在的可能性。」亞澈眼神黯了黯。

「呵，你以為隨便一個鳥地方都能沉眠？」林文笑了幾聲，從書架上抽了一本書，翻到一張神殿圖畫，指著書上說道：「魔族一定要在萬魔殿才能沉眠，除了這裡之外，那不叫沉眠，那叫做睡到死去。」

「而萬魔殿現在是由五王二后所掌管的。」琳恩拍了拍亞澈的肩，「我不覺得亞里斯沉睡在那裡。如果五王二后夠忠誠的話，亞里斯早就復甦為帝了，而他遲遲沒有甦醒的話，要不早死了，要不根本就是他們沒打算讓他醒過來。」

「所以啦，左思右想，返祖現象的機會遠大於你是亞里斯的兒子。」林文伸展了個懶腰，「要我猜測的話，魔后之所以隱藏你的用意，應該是怕你被暗殺吧。」

「暗殺？」亞澈呢喃道。

「土匪……咳咳！契爾瓦說魔界雖然現在平和無戰事，但其實大國角力嘛，各國都對彼此虎視眈眈、摩拳擦掌。」林文回想了一下那位稱職的契爾瓦職員所描述的魔界國情，他大概清楚了希瓦娜的憂慮。

「你的母親深愛著她的國家，所以不想讓其他國家找到藉口來攻打吧？只要有心人士以『私匿魔皇亞里斯血脈』作為藉口，混亂之國大概瞬間就會成為整個魔界的靶子了。」

「即便如此，她最好的選擇應該是直接殺了你，至於為什麼不殺，原因只有她自己才知道。總之她沒有下手，而是選擇將你隱藏了起來。」

希瓦娜真的很偉大。林文欣慰的笑了，是誰說魔族都冷酷無情的？

隨著成長，亞澈的天賦越加茁壯、越來越難以隱藏，即便如此，希瓦娜還是下不了手。她只能盡量不讓亞澈的魔力散發出去，這就是她沒有教會亞澈任何法術的真相。

要說傳授什麼法術，充其量只有言靈這種最原始單純的法術。亞澈的魔力只要不因使用法術而損耗，他就不會從周圍吸收魔力；越降低他吸收魔力的機會，他被發現的機會就會越小。

「我知道……母后雖然隱藏著我，但是她從來沒有吝於關愛我。」亞澈的雙眼朦朧起來，吸著鼻子，抬手抹去了眼中的淚光。

記憶中的母后，總是在深夜悄悄來到，就算帶著疲憊的身軀，雙眼仍無比欣喜的陪他玩鬧。有幾次他等不著而先進入夢鄉，在夢境裡居然也能感受到母后於身旁的輕撫。

他的母后很溫暖。真的、真的很溫暖。

但如果他的身分會給母后帶來危機的話……

亞澈合上眼，下了決定：「我還可以待在人間嗎？」

「那是當然。」林文淡淡的笑了。

※　※◆※　※

亞澈在向學校請假一個禮拜之後，終於回到學校上課了。

結果才剛踏入教室的那一瞬間，全場一片沉靜，安靜得彷彿連根針掉落地上的聲音都能聽得到。

「亞澈！我就知道你能夠從魔神仔那裡逃出來！」蘇駿激動的跳了出來，邊抱著他邊不斷喊著。

「太好了！我還以為神隱少年真實上演了……」

「嗚……我以為他被拐去什麼邪惡儀式了……」

「感謝主！」

隨著蘇駿打破沉默，此起彼落的歡呼聲淹沒了整間教室。

在人群簇擁下的亞澈，只能對於人類旺盛的想像力讚嘆不已。

那一次的夜遊，可以說闖禍闖大了，不說秘警署將所有學生斥責到雙耳近聾，這件事情還被上報到參加夜遊的兩間學校去。結果國防部罵教育部，教育部罵兩校校長，兩校校長只好罵下面的教職員，最後被罵得最慘的還是參加夜遊的學生。

原本以為這已經是最慘的了，卻發現沒有最慘只有更慘，當日回頭去找他們的亞澈，就這樣失蹤了！

連個人影都沒有見到，手機也關機，雖然學校對內都宣稱亞澈的監護人有致電過來申請病假，但當初參與夜遊知道真相的學生，都在心裡頭猜想亞澈一定是慘遭不測之類的下場。

結果亞澈突然毫髮無傷的出現了，除了聲音稍微低沉一些，沒有其他任何的異狀，讓情緒沉到谷底的同學們終於鬆了口氣，歡呼到老師上課才依依不捨的回到座位上。

享受了一整天關愛的眼神，亞澈終於了解到，其實被注目也算不上是什麼有趣的事情。

眾人當然會詢問那天到底後來發生了什麼事情，對此亞澈一律都是以一道閃光過去、自己就昏迷作為理由，來規避接下來的問題。

……但事情卻沒有在此處劃下句點。

在放學時，兩位警察直接在教室門外等著亞澈，讓所有人議論紛紛了起來。

「不要緊張，我們只是例行的工作，畢竟少一份筆錄，總是不能呈交上去。」

警察客氣的解釋自己的工作。對於這位學生，署裡交代絕對不要以對待小孩的態度去應付，畢竟他的監護人雖然低調，但在整個亞洲地區也算是小有名氣。

別說大大小小的案子或多或少都有林文教授的協助，就連最近一次罪業會大肆召喚擾亂北都的事件，也都是在林文教授的出面下獲得解決。

於公於私，秘警署都不願意得罪這位召喚師。

所以秉持著給林文幾分面子的情形下，亞澈可以說是用被禮遇的方式寫完筆錄，讓當時被吼到邊哭著邊做筆錄的眾人完全傻眼了。

一直非常配合的亞澈，在最後一關卻卡住了。

「呃……你放心，我們都有醫療相關執照，不論是法條還是技術上，都是可以放心的。」警察在一旁細心解釋著，手中的抽血管卻讓亞澈哭笑不得了，「我們這是為了保障你的健康，畢竟你們介入了A等級事件現場，我們必須確保你們身上沒有詛咒、蠱毒等殘害。」

「我們絕對是一視同仁，你的同學們當初也有檢驗過血液，確保全全無虞。」另一位警察平靜的說著。

亞澈尷尬的看了眼蘇駿他們，他們不置可否的點頭同意警察的說法。

但重點真的不是這個，魔族的血液雖然也是紅色的，但他非常確信裡面的基因序列絕對異於人類，至少他就從沒看過哪個正常人類會有角和翅膀。

真的讓他們抽血，但當檢查結果出來後，不就給林文他們惹上天大的麻煩了？

想到這裡……亞澈只好不斷推拖，但越是推託，原先和氣的兩位警察就越感到不對勁了起來。

「你身體是有出現什麼異狀嗎？」

亞澈搖了搖頭。除了聲帶稍微受傷之外，他全身上下都可以說健康得不得了，但越是健康，應該就越符合對方口中所謂的異狀。

他懊惱的抓了抓腦袋，兩邊只能僵持的卡在原地動彈不得。

「不如這樣，侵入性檢查本來就需要監護人的同意，不如先一起到局裡等待監護人同意如何？」

「……就先這樣子吧。」

在眾目睽睽之下，亞澈坐入了警車，許多師生都用不解的眼神看著亞澈。

亞澈只能在心裡無奈道：相信我……我比你們更加不解。

※　　※◆※　　※

警車越是駛近秘警署，亞澈就越能體會為什麼林文老是說是能遠離這地方多遠就多遠。

各種五花八門的情緒瀰漫在整棟建築物裡，他第一次看到如此複雜情緒的地方，從正義到憎恨、從善良到恐懼，全都交織在一起，這也算得上是另類的鬼斧神工吧。

坐在接待處，亞澈的聽力就像是收訊不良的收音機般，充斥著各種雜音。體內的魔力像是高漲的潮水，不一會兒就飽和到讓他難以忍受的地步了。

——被自己的魔力撐死，真有這種死法也太搞笑了……

就在亞澈想要神不知鬼不覺的將魔力偷偷釋放出去的時候，一名頭髮染得五顏六色的少女如一陣風般突然衝了過來，身上攜帶的工具箱因為跑動而叮叮噹噹的作響，她迅速的把亞澈的手抓舉起來，彷彿是活逮到亞澈的手剛剛正在性騷擾旁邊的女性。

「你這傢伙……有魔力這樣揮霍，是不會去捐魔力喔！是不知道多少人因為魔力貧乏而住院甚至死掉嗎！」

少女憤慨的喊著，讓亞澈愣了愣。

「那個……男女授受不親。」發現到所有人的目光都集中在自己身上，亞澈羞愧的臉紅了，腦海中只能浮現這句話出來。

「哼！」少女二話不說從包裡掏出了儲靈儀，遞向亞澈道：「就當作做功德吧，把手放到上面去。」

亞澈尚反應不及，少女不耐煩的抓起亞澈的手按在了儲靈儀上，「我啊，最討厭浪費的人，反正都是浪費，能夠拿去救人的話，還有什麼好遲疑的？」

「要客訴的話請便。」看了眼要開口說話的亞澈，少女將口袋中的名牌掏了出來扔在桌上，「記住了，我叫由乃，千萬不要客訴錯人了。」

亞澈沉默了一會兒才說：「不是……我是要跟妳說，滿了。」

「滿了！？」由乃狐疑的盯了眼儲靈儀，不敢置信的瞪大了雙眼，隨即冷笑了起來，「哼，只不過一個儲靈儀，有本事就把這裡的都塞滿啊！」

她將包包中的一堆儲靈儀全倒了出來，露出看好戲的眼神瞧著亞澈。

亞澈左顧右盼了一會兒，周遭盡是看戲的神色。

他嘆了口氣，從來沒有意識到……原來自己也是激不得的人啊！

深吸了口氣，亞澈的雙眼緩緩睜了開來，體內的魔力像是洩洪般的不斷流出，但魔力下降的速度卻其慢無比。

亞澈的呼吸……不，應該說他本身的存在，就把整棟秘警署所有的負面情緒吞噬殆盡，然後魔力從指尖不斷流出，慢慢的一個、兩個……一會兒的工夫，所有的儲靈儀都發出飽和的綠燈。

「你……」由乃神情恍惚的捧起一個個儲靈儀，愣然了好一會兒，再度牽起了亞澈的雙手，兩隻眼睛閃爍不斷的問：「你想不想打工？」

「我？打工？」

欸……這到底是在演哪齣戲？亞澈窘迫了。

The summon is the beginning of bad luck

Chap.5 你們倆乾脆交往去啦！

「所以說……這就是為什麼我的研究室門外，天天有個免錢保全在一旁虎視眈眈的原因嗎？」

聽完了亞澈的故事，林文看了眼門縫下的人影，淡笑了幾聲。

「成語教學時間到了。」琳恩笑得很壞，「亞澈，這就是人類口中所謂的『守株待兔』。」

「我一點都不想當兔子。」亞澈的心沉了下去。

「放心吧。」林文喝了口茶，「外面的也不是什麼農夫，要說的話也是隻五彩母獅才對。」

「所以我即將被拆吞入腹嗎？」亞澈絕望的抬了抬頭，回應他的是兩人毫無遲疑的肯定。

可不可以不要肯定的這麼乾脆啊！亞澈哀號了。

果然，莽撞衝動是蠢人才會做的事情……亞澈頭疼的回想起那天的情景。

就在亞澈一口氣把所有儲靈儀灌完魔力之後，林文才姍姍來遲，剛踏入秘警署門檻的第一步，他就很不給面子的直接乾嘔了起來。

所有人頓時把目光焦點轉移到林文身上，一些情緒管理比較差的警察已經暴露出額上青筋了。

而亞澈則整個頭布滿了黑線，彷彿還有烏鴉喊著笨蛋笨蛋飛過去……

「林文……你怎麼會來，你的研究呢？我以為應該是琳恩會來才對。」

亞澈看著林文從一進門就緊皺在一起的眉頭，絲毫沒有要遮掩厭惡的意思，他也只能苦笑。

「她正在做麵包，沒辦法脫身……」林文無奈的指著自己背後那兩個白麵粉掌印，「放心，雖然我現在的確是很黯然銷魂，但那絕對不是什麼黯然銷魂掌。」

一瞥桌上的抽血例行檢查說明單，林文抿了抿嘴，低聲咕噥的說：「所以說……他們要抽你血？這真的很麻煩。」

「林文教授，這是為了確保所有人的安全，還希望你能夠體諒。」坐在面前聽得一清二楚的警察，微笑顯得有些僵硬抽搐的說著。

「真的不能避免嗎？」林文哀傷的看著對方。

其實亞澈的身分暴露了也不是什麼驚天動地的事情，只要說是自己偷偷召喚亞澈來人間，就可以迴避很多追問了，畢竟幾乎每位召喚師都有藏過幾隻偷渡使魔……這刑罰是還好，麻煩的是接下來就要被迫寫一堆報備表格和悔過書。

要知道，林文的人生中最討厭的有三件事情，一是麻煩事，二還是麻煩事，三絕對仍然是麻煩事！

這種文件處理資料琳恩絕對是連甩都不甩，若真的要麻煩她幫忙寫，她絕對是笑容滿面的接過表格，然後字體端正的在每一格寫上「略」。

這樣鐵定百分之兩千絕對會被退件……

一旦被退件，不就又回到自己身上了？

雖然說早死早超生，但他連死都懶得死。

林文嘆息了，看著手中的資料夾，那是來的路上順道去拿的審核計畫，看著國科會在上面蓋著赤紅色的「極密」印章，他突然竊笑了起來。

「亞澈，是參與我的研究計畫的實驗體，所有資料內容不得對外公布。」林文露出為難的模樣，但只是讓所有人翻了翻白眼。他繼續裝下去說：「所以……我也沒有辦法，有問題就去問國科會吧！」

好傢伙！把問題推給國科會，根本是吃定秘警署和國科會八竿子打不著關係！所有人盯著林文為難的微笑，都在心裡暗罵。

「咳……咳，所以事情就是這樣。」林文雙手合十，做出抱歉的手勢。接著他轉頭對亞澈說：「那我們回家吧，亞澈。」

林文一說完，二話不說拉起亞澈的左手要往前走，然後……就停住了！？

別說林文很訝異，亞澈也很無言的看了眼自己的右手——由乃死命抓住亞澈的右手，雙眼中的閃爍光芒讓人非常想戳下去。

「呃……這位是你的女朋友嗎？」林文又驚又喜的說著。

「你的眼睛是瞎了嗎！」

由乃和亞澈異口同聲的吼了出來。

兩人互瞪一眼，繼續很有默契的喊道：「這位只是路人甲！」

敢情街上的路人甲默契都這麼好，這島國就應該人人出雙入對了。

兩人在秘警署裡又拉又扯了好一會兒，在一旁的林文雖然很想繼續看熱鬧，但是距離琳恩麵包出爐的時間快到了，在青春火花的鬧劇和熱騰騰香噴噴的麵包之間，林文掙扎了一陣子……

——嗯，還是肚子比較重要。

——啊！那乾脆邊吃麵包邊看戲好了！

佩服自己的天才智慧，林文走過去和由乃悄聲說了幾句話後，由乃終於放開了亞澈的手。

感覺掙脫的太過輕易，亞澈內心的不安頓時高漲了起來，但能回去總是好的，所以他也沒有想太多。

結果……那就是夢魘的開始。

從那天之後，每次推開門扉，由乃就雙眼發亮的將儲靈儀奉上，亞澈已經無奈乾笑到喉嚨都有些痙攣。

「為什麼你要把這裡的地址給她啊？」亞澈怨毒的瞪著林文。

「對啊對啊！既然地址都給了，乾脆順便給亞澈房間的鑰匙不就好了。」琳恩提議道。

「這好像也是個好方法，但我沒有多餘的鑰匙，可能要抽空去打一支。」林文恍然大悟的贊同。

「……」亞澈第一次考慮是不是應該搬去學生宿舍了。

※　※◆※　※

由乃，有著一頭五彩的髮色，方便整理的短髮，以及總是散發出油汙味道的衣服。她隸屬於秘警署下的急救班，雖然沒有醫療執照，但卻具有魔工學執照，是秘警署裡人人盡知的一位人物。

人人盡知的方式有分兩種，一種是受人崇仰的，例如第零小隊的戰鬥祭司索恩，金色的髮絲帶著主的慈悲，將所有黑暗汙穢的存在赦免淨化；另一種則是為人太特立獨行……

很不幸的，由乃正是第二種的代表。

由乃非常熱衷於治療，但可惜的是她本身並不具備醫療執照，在嘗試了三年仍然考不上醫學院之後，她毅然決然的放棄了醫療執照，轉而進攻魔工學，興許是有天賦，又或者不想再放棄了，她第一年就考取到魔工學執照。

然後就是所有人痛苦的開始。

即便放棄了醫療執照，由乃的心卻沒有放棄救治他人，每天她都不厭倦的衝入秘警署內，巴著魔力值足夠的人要求捐贈魔力。

「反正放著也不會生利息，為什麼不拿來救人！」

說完這句話，她就用渾身的氣勢，逼得讓眼前的人不得不把自己的魔力捐出。

而且在她的眼中，所有人是一律平等的，所以上至局長、下至罪犯，都被她催討過。

不過，最近秘警署裡清幽了不少，託亞澈的福，眾人終於有了放鬆的時間。

※　※◆※　※

輕輕的推開門扉，林文端著空的咖啡杯走出來，正想要倒杯咖啡後回頭繼續研究，但眼前的場景實在是讓他有些捨不得回去研究。

他看到頂著一頭俏麗短髮的少女，背對著他坐在會客室的沙發上，用著近乎執念的目光死盯著門口。

林文輕笑的看了眼腕上的手錶，說：「今天亞澈他們學校要舉辦唱詩歌比賽，不會這麼早就回來喔。」

「喔喔……我還想說放學不直接回家，最近的學生真的是越來越混啊！」由乃用著了悟的語氣點點頭。

大概足足過了半晌，她才意識到有人在和她對話，猛然跳了起來。

「不好意思！打擾了！」由乃連忙轉過身，恭敬的鞠躬。

「不會不會。」林文搖了搖頭。

然後……氣氛頓時尷尬了。

安靜的室內只聽得見咖啡機的運轉聲，就在林文還在懷疑現在是不是突然進入瞪眼比賽的時候，由乃突然大步踏前，手幾乎是腳部落下的那一瞬間就抓住了林文的手掌。

「……我沒有亞澈那種魔力量。」林文幾乎是第一時間就脫口而出。

「不是捐魔力。」由乃鄭重的甩了甩頭。

「我也沒有亞澈房間的鑰匙。」林文皺了下眉頭，「鑰匙嘛……只有琳恩才有備份。」

「喔原來……琳恩才有備份鑰匙。」由乃高興的點了點頭，大概過了幾秒後才瘋狂的搖起頭說：「不是啦！我要鑰匙做什麼！」

「抱歉，我還以為妳到發情期了。」林文鬆了口氣。

「我最近的確……不、不是啦！」由乃的臉色紅了起來，急道：「我是要問亞澈最近可有過於疲憊之類的狀態？」

「……原來你們玩那麼凶喔！」

林文和身在廚房的琳恩不謀而合的同時感嘆出聲。

由乃的額角有些抽搐，她突然興起了想要將這間屋子用魔工學炸掉的念頭：是怎樣！各個都胡思亂想！

「我是擔心……我給亞澈的負擔過大。」由乃咬著牙說道。

「這妳倒不用擔心，今天我們吃海鮮火鍋，生蠔、鮮蝦等壯陽食材的應有盡有喔。」從廚房探出頭的琳恩，開心的提著購物袋出來，兩隻巨大的蝦螯還冒出了袋口外。

「就跟妳說我不是這意思！」由乃快要崩潰了，來個聽得懂人話的好嗎！

「琳恩！」林文低沉嚴肅的聲音響起，讓由乃喜出望外的看向林文。林文幾乎是正色的說：「人家年紀輕還會害羞，要給年輕人留給顏面的。」

「也是。」琳恩聳聳肩。

由乃不知從哪裡變了兩柄板手出來，看著那不停抖動的雙手，林文和琳恩也跟著抖動了起來。

只是一邊是氣到發抖，另一邊大概是笑到發抖吧。

「好啦，不鬧了，今晚的晚餐要一起吃嗎？反正食材買很多。」琳恩嘴上雖這麼說著，但嘴角的壞笑仍未完全淡去。

「我……沒打算打擾到那麼晚。」由乃有些無所適從的說著。

「反正亞澈絕對是堅挺——」林文話說到一半，注意到由乃眼底的凶光，連忙改口：「的精神，妳完全不用擔心他會累垮。」

「如果他會累的話，那我可以考慮不來的這麼勤，反正儲靈庫也快滿了。」由乃垂下了眼簾。

「放心吧，他來到這裡也沒有什麼朋友，妳在下課時間來打擾他，他應該也滿高興……吧？」林文輕拍了下由乃的肩，最後的「吧」字輕到由乃根本沒有聽到。

「他人這麼好，怎麼會沒有朋友？」由乃眨著雙眼，完全的困惑。

「啊，也不是沒有朋友，而是他現在只要聽到『夜』晚的『遊』玩，就一個頭兩個大，短時間之內他應該會效法林文當個宅男吧。」琳恩咯咯輕笑著。

這樣自己也中標？林文苦笑了。

就在林文想要為自己辯駁的時候，門扉緩緩打開，亞澈幾乎是躡手躡腳的走進屋內。

「今天她沒來——」

亞澈詫異的說著，頭一轉過來就看到由乃和林文他們站在一塊，他吞了吞口水說：「由乃妳來了啊！妳以前上學應該都是拿全勤獎的對吧？」

「……我都會盡量趕去。」由乃愣了一下隨即露出燦笑，將亞澈的手直接抓住拖去房間內，「那事不宜遲，今天也要麻煩你了。」

看著亞澈求救般的目光，琳恩歡聲的說：「記得晚餐時間要出來吃飯喔。」「亞澈加油。」林文右手握拳的比出鼓舞的手勢。

加油個屁啊！亞澈瞪大雙眼，被由乃硬生生的拖入房間去了。

經過了一番努力，好不容易所有的儲靈儀都滿格後，亞澈像是失神的躺在床上呈現大字形，連指關節都不想動的心靈疲勞他終於體會到了。

雖說他的魔力依舊充足，但這種天天上門來的蹭點……蹭久了，真的會讓被催討的人很累啊！

另一端，由乃細心的將儲靈儀收到袋子裡後，用著極端好奇的目光看向亞澈。

「這真是太詭異了……」已經是連續第四天了，由乃上下打量著亞澈的身體，感嘆道：「為什麼魔力會如此充足呢？好想解剖分析看看，可惜我沒有醫學執照……」

妳所遺憾的點是這個嗎？亞澈挑了挑眉。

「你不懂，就算是第零小隊連續捐贈，最多也不能超過三天。我原本是想說今天過來給你補身子的。」由乃將手中的提袋高舉，濃烈的雞湯香氣頓時散開，「但沒想到你的魔力根本就不虞匱乏，這是國科會機密計畫的內容嗎？如果是真的，這真的可以救助到許多人。」

「呃……抱歉，要保密。」亞澈眼神迴避著由乃。

不知道該說是能力的提升，還是人間真的負面情緒處處有？他只要坐著捷運繞整個市區一圈，魔力就會充足飽滿到根本沒有消耗的跡象。

對於這一點，林文和琳恩聽了之後完全沒有任何的訝異。

兩人只是一派自然的表示：小心不要吃撐了……

「你的魔力很乾淨，少了很多純化的步驟，這樣……那些靈竭症的病患應該可以輕鬆不少了。」由乃觀察著儲靈儀中的魔力，一邊讚嘆道。

隨即，她誠摯的鞠躬，扭捏的緩聲說：「這幾天的量，已經將儲靈庫完全補滿了，如果還有缺的話，我會再過來麻煩你了。然後還有……真的很謝謝你。」

「靈竭症？」亞澈歪頭，他第一次聽到這種疾病名。

「嗯……那是一種自體無法產生靈力的病症，你要說魔力也可以，反正他們的身體沒有任何靈力或魔力。」由乃難得臉色苦澀的說。

「可是，若完全沒有靈力的話，不是連清醒都無法做到嗎？」

「所以只要儲靈庫見底，大家就又只好長睡不起了。」由乃落寞的說著，但不一會又振作了起來，「放心吧，有你在，大家短時間之內都不用擔心沉眠的問題了，所以……雖然知道這樣子做會給你們帶來困擾，但我還是不會放棄的。」

由乃歉疚卻堅定的看著亞澈，再次鞠躬後，將袋子裡裝著的一鍋雞湯遞給亞澈，認真的說：「那就麻煩你多多關照了。」

語畢，她隨即轉身離去。

不知為何，亞澈看著她的背影卻覺得和以往的印象完全不同，感覺她既脆弱又無助……

「看樣子是完事了，你應該也發現到了吧？」

等到由乃步出房間，林文才靠在門上溫順的品嘗著咖啡，邊說：「那孩子也是靈竭症的患者。」

「……只是有感覺到她每天出現時魔力的味道都不太一樣。」亞澈面無血色的坐了下來，「我還以為只是我神經質罷了。」

林文安靜了一會兒才淡然說著：「只有身處懸崖的人，才會知道山谷下有多麼驚心動魄。也因此，秘警署才會一直對她的喧鬧睜隻眼、閉隻眼。」

亞澈沒有再多說些什麼，只沉默著低頭坐在椅子上，將思緒不斷向深處思考、思考、再思考……

林文悄聲的關起門扉，留下亞澈一個人深思。

人間或許混亂渾沌，各種險惡和黑暗交錯，但也許就是因為這樣子，才會顯得善良和希望多麼的耀眼。雖然黑暗無垠無涯，可是光芒卻永遠不會消失，循著光行進的經歷，或許就是名為人生的旅程。

「我知道現在應該讓亞澈一個人深思，別打擾他才是正確的。」琳恩識趣的說著，「但是……」

「嗯？」

「但剛剛的火鍋已經把所有食材都煮完了，而接下來又輪到亞澈負責買菜去，如果冰箱還有菜也就罷了。」琳恩竊笑的打開了冰箱門，除了幾瓶醬料，整個冰箱內部是空得一白二淨，「這樣明天似乎不行吧？」

林文探頭看了眼冰箱，真的空無一物，再看著緊閉的房間——亞澈似乎短時間內還不會走出來，他無力的頹肩道：「……那我去吧。」

「你可以讓我去喔。」琳恩眨了眨眼。

……然後明天換我煮？林文心寒的想道。

當初大家就說好一天一人放假，剩下的兩人一個負責買菜、一個負責煮飯，如果是亞澈去買菜的話，通常只要做些簡單的清炒蔬菜就可以了。

但讓琳恩去買菜，下場都奇慘無比……

對於他這種只是初階中的初階料理學徒，天知道海參、生蠔、樹豆這些鬼玩意要怎麼料理，林文是嘗試過一、兩次，但之後……為了響應環保和避免浪費食材，他還是堅定果斷的放棄了。

「還是我去吧。」林文悲催的拿起購物袋。

「可是今天最近的超市因為裝潢沒有開喔。」琳恩好心的提醒著。

「……那第二近的？」林文的心中泛起一陣不安。

「距離七公里。」琳恩早有準備的把手機中的地圖調了出來，底下的距離顯示七點零二公里。

對於亞澈和琳恩來說，這一點距離用瞬間移動也不過是彈指之間的事情，但對於他這個天才召喚師和蠢才魔法師來說……這是段要命的距離。

「我們家有車嗎？」林文絕望的低下頭。

「你覺得呢？」琳恩不斷忍笑著。

絕對不可能有！當初就是自己打槍琳恩，說反正有夢魘在，車到得了的地方，夢魘絕對也到得了，但夢魘可以踏足的地方，有時卻因為有太多車子而無法抵達。

但……他不可能為了買菜去招夢魘出來啊！別說夢魘會用嗤之以鼻的眼神取笑著他，就連他也會瞧不起自身的……

「我可以坐計程車嗎？」林文做最後的掙扎，他第一次覺得買菜是如此艱困的任務。

「你覺得呢？」琳恩笑得很燦爛，將只夠買菜的幾百元放在林文的手中。

看著手中的金額，林文完全明白琳恩笑容中的含意，他們家的經濟收入是由林文賺來的沒錯，但管理的人卻是琳恩。

這聽起來很不合理，畢竟琳恩又不是林文的另一半或者女朋友。

但是！林文全身上下的衣食住行完全都仰賴著琳恩的照顧，況且……對於一個所羅門宅來說，他根本沒有任何時間去控管經濟，秉著多一事不如少一事，他爽快的就把所有薪水給琳恩管理了。

但有時候他會感到後悔……現在或許就是那個時候。

「我……我知道了。」林文失落的推開門走了出去。

他嘆了口氣，心想：或許順著超市招牌的霓虹燈買菜，也算得上是一種人生吧！

※　※◆※　※

她全身刺痛了起來，密密麻麻的，像是被滾燙的沙海攫獲般，每個毛孔都在呻吟，但她只是滿不在乎的從床上爬了起來。十年前的自己或許會哭紅了眼，但現在……只能說人類真的是什麼都能夠習慣的物種。

至少比起安寧無覺的長眠，這股刺痛能夠提醒著自己是清醒的。

「姐姐！姐姐！妳最近拿來的魔力，都好舒服喔……幾乎不會感覺到痛。」一個小女孩興高采烈的抱著跟她身高一樣高的兔子玩偶衝進房來。

「那真是太好了。」由乃疼惜的撫摸著小女孩的額頭。

她瞅了一眼小女孩帶在身上的儀器，不出所料，果然是亞澈捐贈的儲靈儀。

不管科技再怎麼革新，別人的魔力對於自身永遠都是外來物，不同捐贈者魔力的特性，對於這些靈竭症患者都有著各種的刺痛感。

也許是烈火般的炙熱，也許是寒冰似的刺骨，每每靈力的流入，都會讓他們這些病患痛苦不堪，但這沒有什麼值得好抱怨的……有人願意捐贈魔力給他們，就已經是值得慶幸的事情了，哪來這麼多奢侈的念頭。

但亞澈的魔力很特殊，那天當她把儲靈儀拿回醫院時，那是她印象中小朋友們第一次沒有哭喊鬧騰，所有人都不敢置信的看著那些小朋友安穩的吸收魔力。

當所有人面面相覷的時候，她輕觸了一下儲靈儀……一股黝暗內斂的魔力緩緩暈染開來，沁涼的感覺一點一點的跟了上來。

說來可笑，但當下她就是毫無理由的落淚了。

所以她才會一直緊巴著亞澈不放，天知道她有多討厭那些纏在男人身旁沒有絲毫自己的花痴，但……如果是為了那些可以嘻笑著接受儲靈儀的小鬼們，她很樂意去當一回花痴。

她早已做好心理準備，忍受著對方的謾罵和嘲諷，甚至就算對方出手教訓自己，那也只能算得上是自己自討苦吃。畢竟在法律上，自己絕對算得上是追蹤狂，一清醒就到對方的家門外等候，她還沒有看過比這還要變態的行為。

可是亞澈沒有多說些什麼，只是沉默的把她所能拿到的儲靈儀一一灌滿魔力，甚至有一次還拉著她一起去坐趟捷運，在捷運上一點一點的把她手頭上的儲靈儀全數裝滿。

直到她被上級告誡說，這樣子不要命的捐贈魔力除了造成對方的困擾之外，更有可能會造成對方的靈魂受損，她這才驚覺到自己已經威脅到對方的生命了。

於是，她那天提著雞湯上門去……她原本已經想好要講些什麼了，她要大聲的痛罵對方的笨蛋不要命行為，怎會有人做好人做到這種地步！但是當亞澈一如往常的推開門時，她心底的歉疚頓時宣洩得無法停止。

也許她缺的不是什麼魔力，她缺的只是有個人能夠這樣稀鬆平常的對待自己，能跟自己爭吵，把自己當作普通人般的對待。

也許、也許她缺的就只是那個人的擁抱。

但就在察覺的當下，她才發現到這願望是多麼的不可企盼。

「我……是個病人。是個只要一沒有魔力供應，就會像少了插頭的家電化成人玩偶，不……人偶說不定還好一點，至少人偶破損後可以修補，但我……」

她看著鏡中隱藏在髮際中的傷疤。

「我總有一天會死在這稀鬆平常的光景中，可能是過馬路時突然倒地不起而被來往車輛撞上，也可能是爬樓梯爬到一半就摔得不成人形了，還有太多太多可能的死法了……」

「所以只能抽身了……」

她緩緩的合上雙眼。

好不容易下定決心不再去拜會亞澈，反正她清楚若真的遇到需要魔力的情況，協會中的任何一個人前去拜託，亞澈也一定不會拒絕的。

畢竟他就是一個爛好人。

但是，接下來的狀況卻出乎她的預料！每個週末亞澈都反客為主的親自來到醫院當志工，第一次在醫院中撞見到亞澈時，她還揉了揉眼睛，深以為那只是自己的幻覺。

慘了，她花痴到產生幻覺，這需不需要去拜訪精神科的老劉？

捏了捏大腿肉，結果幻覺沒消失，反而還朝她揮了揮手，甚至寒暄了幾句……

「天啊，你怎麼會在這裡？」由乃喃喃的問。

「高中生的社會志工課程。」亞澈指著手上的資料夾。

「那個……不是隨便做個一天，就可以了結的事情嗎？」她感覺自己的臉逐漸發燙了起來。

「但我不是一個隨便的人。」亞澈輕笑著，點頭示意後，轉身進入病房內，房內傳出了小孩子的嘻笑聲。

「我……並沒有說你隨便的意思呀……」由乃略帶失落的呢喃著。

結果亞澈為這個安寧的靈竭症院區注入了一絲活力。

不僅是小朋友，中老年人大家都很喜歡亞澈的到來。

他總是陪小朋友打鬧完後，就一派自然的走到成人病房，幫忙復健和按摩。

這些成年人一開始都很訝異，不少人都婉拒，但亞澈沒有多說些什麼，只是讓他的手指在魔力久枯的身軀上游移著。

一開始他還感覺到有些抱歉，竟然讓一位老奶奶就這樣在大廳廣眾之下落淚了，但慢慢的大家都開始接受亞澈的按摩，甚至為了搶亞澈的按摩時間，還私下排表了起來。

「你這樣……當你走時，他們會更失望的。」

由乃頭低了下來，語氣有些生硬：「沒有人可以做一輩子的志工的，幸福堆積的越高，在消失時就會摔得越痛。」

「照妳這樣說，大餐也不是天天都能吃到的，那豈不是永遠不吃為上？」亞澈淡然的嗤笑，「大家都很辛苦，我只是想要在我能夠做的範圍內盡上一份心力，還是這帶給你們困擾了？」

「怎麼會是困擾……」由乃嘆息，拍了拍他的肩，「我只是提醒你而已，大家都是好人，但當你沒辦法到來時，有時不僅僅是他們會受傷，你也會的。」

由乃的憂慮，其實亞澈是心知肚明的。

這幾個禮拜以來，他翻閱了林文家中的書庫，試圖尋找靈竭症的病因，但卻都一無所獲，就在連他都不得不放棄時，林文終於按捺不住的說話了。

「我是想說不應該打擾你的自修，但看你把我的書庫搬空，還露出這麼失望的模樣，再不出聲，豈不是顯得我的藏書很沒用？」

「沒有，我只是想找找看靈竭症的病因。」

但沒有想到林文手中有關病症的叢書，不是靈獸，就是神祇，甚至連冥界病症都有，就是完全沒有提到人類的範疇。

在人間的地帶，使用人間的文字，數百本書中卻完全沒有半本有描寫人類的病症……這只能汗顏的說林文收藏的書籍都很偏頗。

根本是非人類沙文主義。

「靈竭症？絕症！根本不會有書會提到這病。」林文眼神黯了黯，「因為無藥可治。」

「為什麼？這不像人類的作風。」亞澈不滿的站起身，「就像我們生物老師說的『人類的生存就是克服疾病的演進史』，別說數百年前的天花，就連一直被認為無法根治的後天免疫缺乏症侯群，現在都已經可以連根剷除了，但一扯到靈竭症，所有網路上的資料都輕描淡寫的帶過，別說新藥開發，就連研究單位都沒有幾間，這實在太詭異了！」

「因為這不是疾病啊……」林文露出苦笑，「人類的科技已經到非常強大的地步了，雖然比不上仙界的迅癒再生，也沒有到達神界的瞬復生肌程度，但可以說只要有時間和大腦，以基因科技的力量，哪怕是再造一顆一模一樣的心臟都沒什麼困難，可是即便如此……靈竭症還是無法可想。」

「所以是大腦的病根嗎？」亞澈落寞了。

「你沒聽清楚我說的話。我說過了這不是疾病。」林文搔了搔頭。

「靈力或者魔力，不管哪一種稱呼都一樣，你認為是身體的什麼器官儲存的？」林文無奈的一手指著腦，一手指著心口，問：「你覺得是這兩個地方嗎？」

聽到林文這麼說，亞澈愣住了。

雖然每天都感覺得到魔力的存在，但對他來說，他從來沒有感覺過這兩處地方的魔力比起身體其他地方有特別的多，說不定指尖的魔力都比這兩處地方多……

「沒錯，都不是，應該說肉體本身和魔力是沒有什麼關係的，真的和肉體有關係的是『氣』，但講到那就扯遠了。」林文搖了搖頭，「至少你從沒聽過什麼高智商天才或者體育健將的魔力驚人這種事情吧？」

亞澈點了點頭，這樣聽林文說起來，就感覺一切都很合理。

「那到底是？」

「是靈魂所負責的。」林文嘆息了，「你可以想像魔力就是靈魂的血液，而靈竭症就是靈魂血流不止，既然是靈魂，肉體的醫藥怎麼可能會有用？」

這是所有研究單位都心知肚明的事實，之所以沒有人說破，純粹只是不想給靈竭症的患者蓋上絕望的印章。

一開始大家都還很認真的在試圖研究病因，甚至到了取出大腦，剩餘的臟器全數基因培養出全新健全的身軀，但依然沒有任何差異。

直到一位通靈師發現到靈竭症患者的靈魂都殘破不堪，甚至在死亡後不過幾個小時就煙消雲散了，連招靈附體這一點都做不到，這才讓所有人驚覺到這種疾病和靈魂的關聯。

「所以真的沒有辦法拯救他們了。」亞澈閉眼痛心的低聲說著。

「其他人應該做不到，但假如是亞澈的話，應該可以說信手拈來吧。」一直在一旁沒介入話題的琳恩突然出聲了。

「我？」亞澈驚訝的指著自己。

「琳恩，我不贊成妳的提議。」林文罕見的正聲說著，雙眼間沒有任何玩笑的意思。

「你贊不贊成不是重點，重點是那些病人和亞澈的想法吧。」琳恩攤了攤手。

「等一下，為什麼我有能力可以幫助他們？」亞澈張大了眼，看了看自己手腳，別說他沒有學過治療的相關法術，就連軍訓課的急救課程他也手忙腳亂了好一陣子才通過。

「你知道『魔化』嗎？」琳恩神秘的笑了笑，解釋道：「魔族之中，血族可以從血液中汲取魔力，狼人可以從月光中收集魔力，雖然魔化本身需要高階領袖才能夠達成，但亞澈你可是返祖的上古魔種，若論血統高階，只怕魔界的五王二后都還在你之下。」

「所以……只要魔化就可以拯救他們了？」亞澈被突如其來的事實衝擊到，久久不可言語。

「只要你魔化他們，他們就會等同於五王二后那般，光靠溢散的負面情緒就能轉化魔力。當然，如果是在清心寡欲的仙界，這方法可能沒什麼屁用，但這裡可是人間……」琳恩輕笑著，「或許沒有辦法像亞澈你一般，坐趟捷運就飽到魔力快噴出來，但日常生活的維持絕對是無庸置疑的。」

「林文，你不贊成嗎？」合眼深思了許久，亞澈睜開眼看著林文。

一直都給自己許多意見的林文，這次卻一反常態的沒有多說些什麼，甚至持反對意見。而他現在很需要聽聽看別人的意見，因為他完全拿捏不定主意。

「這跟開刀動手術不一樣。」良久，林文才緩緩開口：「魔化後的人類，壽命會大為拉長，性格也可能隨著魔化而有所轉變，況且孤身一人的長命百歲不是祝福，而是詛咒。」

「重點是你有背負那些人人生的覺悟嗎？」林文的話語說得很重，表情平淡的說著：「那些人被你魔化之後，都將被普世認為是你的臣民，人間對於自願被魔化的人向來極端惡劣，而且不是所有的人都能夠忍受在欺辱之下生存的。」

「有時自尊比單純的活著更顯得可貴。」林文拋下這句話後就離去了。

「這一點所見略同。」琳恩也同意了，拎著菜走入廚房去。

自尊和生存嗎？亞澈將自己的臉深埋在膝蓋之間。

張爺爺、承翰、筱涵、由乃……還有很多在腦袋中想不起名字的人，那些人都是好人，即便在靈竭症中被病痛折磨，但他們依舊坦然面對，他們比起自己見識過的許多人都來得堅強，甚至也比自己堅強。

但由乃說得對，沒有永遠的志工，他也不可能永遠留在人間，總有一天他勢必得回去魔界，到那時還會有人捐贈魔力嗎？那些人捐贈的魔力是不是又會無可避免的螫傷他們？

為什麼、為什麼活得有自尊不被歧視，是這麼困難的事情？

他第一次體會到自己是如此的無力，不論在魔界，抑或是人間。

※　※◆※　※

一個夏陽西落的午後，悶了好幾天的兒童病房，由乃決定帶著小朋友們去鄰近的公園遊玩。

「喂！你們這群小鬼不准給我跑出遊樂區喔！」由乃對著小朋友們警告道。

小朋友們聽是聽見了，但完全沒有理會由乃，全都放膽的玩了起來，不一會兒遊樂區的所有設施都爬滿了他們的身影。

要是在以前，這是很難想像的光景，畢竟全身疼痛不堪，怎麼可能還有玩樂的興致？但現在每個小鬼身上的儲靈儀裡頭都是亞澈灌注的魔力。

也許身子會感覺有一些冰涼，但這一丁點的寒意根本可以完全被忽視。反映在現實的……就是這群小鬼根本玩瘋了。

「碰」的一聲，幾個小鬼玩到摔成一團，就在由乃準備前去訓斥他們注意安全時，那群跌坐在地上的小鬼只是傻愣了一會，隨即哈哈大笑出來，完全沒有要抱怨哭泣的意思。

看他們玩成那副德性，由乃也只能搖了搖頭，又坐回公園椅上。

「真是熱鬧呀。」一位戴著紳士帽的青年出聲，他看著眼前這群小鬼，露出玩味的神情來，問道：「這些小朋友是哪間育幼院的嗎？」

棕黑色的眼珠和黑色的髮色，配上穿著的大衣和紳士帽，但現在可是夏天……整個就很可疑。

由乃警戒了起來，雖然最近從來沒聽新聞說這附近有盛行拐騙小孩的消息，但她就是覺得眼前這男子很危險，那是身為女性毫無理由的直覺。

「他們都是警察局託管的孩童。」由乃一臉平靜的說著。

就某個程度上來說，她並沒有說謊，秘警署確實劃分在警察的系統中，而靈竭症的療養院也確實屬於秘警署旗下的療養機構。

「是嗎？」青年手指輕觸著唇，沉思了片刻道：「如果造成妳的不安，我先在此致歉了，我只是覺得這些孩童身上的味道都很特殊並且相似。」

「那可能是因為他們都是用同一款沐浴乳吧。」由乃蹙眉道。

「不……不是指表面上，而是更深沉的……靈魂的芳香？」青年咧嘴笑了笑。

「你！」由乃跳了起來，正要抓住那青年的手腕時，卻只抓住了空氣。

然而，就在她跳起來的過程，那青年就消失了，連個影子都沒有留下來，只有掌心中那股深沉的惡意不斷刺痛著。

雖然她沒有考取到醫療執照，但對於靈竭症的認知她絕對沒有比哪位醫生少到哪裡去，對方剛剛透露的話語，讓她腦海中亞澈的身影破碎了。

不行……她必須趕快回去才行！

「找到了。」青年對著手臂上停留的白色烏鴉低語著：「不會錯的，如果只有一個人或許我還會猶豫，但這麼多的樣本在我面前，我想錯判都沒有辦法。」

「那……絕對是王族等級的魔族才特有的純淨魔力。」青年笑了出來，「而且根據我的觀察，對方應該跟靈竭症療養機構有不淺的關係。」

「好，我知道了。」

語畢，白色烏鴉散落成一地的符紙，青年看著不遠處的醫院上那十字架標誌，深深的一鞠躬。

※　　※◆※　　※

好不容易趕著這群小鬼頭回到醫院，由乃第一次了解到牛仔的辛苦，心想：也許我應該要去領養一隻牧羊犬？

但當亞澈進來病房陪小朋友們玩耍時，看著那群小鬼在亞澈身上又撲又抱的，衣袖整個被扯歪到另一邊……唔，她也許要領養一打牧羊犬才夠用。

「你們，夠了！這種扯法就算亞澈身上穿鎖子甲，我看也會被你們扯成兩半！」由乃沒好氣的說著，邊說邊把一隻一隻的小鬼從亞澈身上抱下來。

——你們去哪裡學來這種擒抱法的？別說這島國沒有原生種無尾熊，這種抱法，就算是尤加利樹也遲早會斷給你們看的！

好不容易把這群小鬼趕到餐廳去吃飯，看著狼狽不堪的亞澈，她真的不知道該笑還是該罵。

「你……下次可以考慮穿雨衣。」

「我會考慮的。」亞澈哭笑不得，他注意到由乃被夕陽曬得紅潤的臉龐，猜測的說：「妳今天帶他們出去玩？」

「玩？那根本是群魔亂舞。」由乃乾笑了幾聲。原本遊樂區已有幾個小孩很愉悅的在那邊玩，結果看到這群小惡魔……那些小孩都被震懾住了。

「科技文明發展到如此高等的現在，就只有我們家這群小鬼還跟百年前的野猴子一般，能攀就不爬，能爬就不跳，什麼低聲細語說話完全是個屁，從遊樂區的一頭叫喊著另一頭的人，還秉持著言簡意賅的原則，整個比亞馬遜的吼猴還要吼猴……」一想到當時情況，由乃不禁碎碎唸起來。

不對，現在重點不是談論這個的時候！

由乃回過神來，凝視著亞澈，讓亞澈情不自禁的吞了吞口水。

「你？」

「妳？」

兩人同時出聲了。

「你先說吧。」由乃比了個「請」的手勢。

「妳有人類沙文主義嗎？」

亞澈無厘頭的突然冒出這句話，讓由乃整個人困惑了起來。

「先不論沙文主義的用法是不是這樣用，我身為秘警署下的魔工師，對於異種族並沒有抱持歧視心態。」由乃說著，從皮包中抽出一張小卡，上面寫著秘警署的十誡，其中不得歧視就是其中的一誡，「雖然秘警署也是三令五申的這般要求，但確實不少人對於異族是有著歧視對待的。」

這……其實很難論斷對錯。

除了宗教因素，更重要的因素是，會加入秘警署的人有很多都有著自己的故事，像她這種想要為靈竭症盡一份心力的人算是很溫和的，有更多的人是因為家庭遭受異族襲擊而破碎，或者被妖怪戲弄玩耍糟踏過。

比起原諒，仇視實在是更簡單和大快人心的，這是無可辯駁的事實。

「我詢問過一些人的意見，如果……我是說如果。」亞澈躊躇猶豫了起來，低聲的說著：「如果放棄人類的身分，就能治療好靈竭症，你們願意嗎？」

聽到這裡，由乃終於露出恍然大悟的微笑，她清楚亞澈口中的方法是什麼，這不是什麼秘密，至少在血族和狼人盛行的歐洲，這的確不是什麼意外的想法，而且也確實有人真的實施了。

「謝謝你替我們著想。」由乃輕笑著，笑容裡有一絲空洞和堅定，「也許其他人會願意，但我……我不知道。」

「不知道？」

「在我最艱難困頓的時候，是主的信仰讓我有力量站了起來。」由乃的手指摸索著胸前的十字架項鍊，溫和的說著：「我知道血族和狼人也能信奉主的榮光，但我卻感覺這樣是對主的背叛，在最艱困的時候是祂讓我維持自我，但到了最後關頭我卻捨棄了祂，這樣的我還算是我嗎……這不就是背叛嗎？」

「……妳比我所想像的還要虔誠與執著。」亞澈安靜了一陣子，才難掩失落的說著。

「你就明說吧，我也很清楚我有多頑固。」由乃鬆了口氣的淡笑說著：「我不喜歡背叛，所以面對著那些需要幫助的人，我無法逃避或婉拒，也許明哲保身人生會輕鬆一點，但我的人生不需要輕鬆，我要……活到最後都是燦爛的。」

「看樣子妳做到了。」亞澈感慨的說。

「你用不著替我們擔心。」由乃欣慰的說著，伸出指頭神秘的燦笑著，「這病也不過是在缺少魔力時會睡著，把它想成是一欠缺咖啡因就會睡著的熬夜狀態，這樣想不就輕鬆很多了？」

但一般的咖啡因不會讓人全身疼痛不堪啊！亞澈欲言又止，但最後卻還是選擇了沉默。

「所以聽你這樣說，你跟狼人或者血族有關係嗎？」由乃小心翼翼的說著，擔憂的看著亞澈，「今天我在公園遇到了一個人，他似乎是在打聽你的消息。」

「我？打聽我的消息？」亞澈愣了愣，心頭警報頓時大響了起來，臉色發白的問：「那個人長什麼樣子？」

「不太清楚，除了黑髮和棕眼，他實在沒有什麼顯著的特徵。」注意到亞澈驚慌的神情，由乃反而平靜了起來，安慰他道：「不要緊張，這裡是秘警署所管轄的醫院，任對方膽子再大，也不敢在這裡鬧事的。我現在就聯絡秘警署將你護送回去，只要回到實驗室，對方就無能為力了。」

「不！妳不明白，對方根本沒有把秘警署放在眼中，這樣把我藏起來，你們反而會惹禍上身的！」亞澈搖頭拒絕了，心中不斷懊悔著。

他太愚蠢了！自以為的好心，卻反而導致他們於水火之中，要是罪業會真的找不到他，天知道罪業會會不會拿由乃他們作為人質要脅。

「啪」的一聲，由乃的掌聲讓身旁所有人都驚覺的朝他們的所在側目。

「冷靜了嗎？」由乃看著被掌聲驚醒的亞澈，冷靜的說著：「要不是這裡是醫院，不應該製造傷患，我剛剛應該就是敲你的頭了。」

亞澈點了點頭同意冷靜下來，眼神卻不自覺的瞄向了病房旁的警語，心想：很感謝妳明智的決定，但小姐妳注意到旁邊就寫著請保持寧靜的標語嗎？

「總而言之，我們先聯絡秘警署來加強保全吧。看著巡邏警察增加，對方應該不會輕舉妄動。」

由乃拿起手機正要聯繫秘警署時，空氣瞬間凝滯了！

The summon is the beginning of bad luck

Chap.6 在罪與業之下

「雖然說也沒有在害怕秘警署，但這麼麻煩的事情，還是能免則免吧，畢竟光是為了絆住林文，就已經花費不少心力了。」

一道陌生的嗓音，就這樣突然從他們倆的腦海中炸出，完全沒有半分徵兆。

在公園見到的青年就這樣神不知鬼不覺的出現在由乃面前，手中的黃紙正散發著朱紅的熾光，然後由乃的手機就在所有人眼前融化了。

「哼！第二次見面了，仍然沒有補上自我介紹，打招呼的方式就是毀了對方的手機？」由乃不滿的冷哼，將手上的手機殘骸扔到地上，「真是讓我大開眼界！」

「這倒也是，算是我失禮了。」青年脫下了紳士帽，微微欠身，「我叫李雲，此行的目的是請亞澈先生隨我走一趟，如果可以，我也不想給這家醫院的人帶來任何不必要的困擾。」

李雲一邊說著，一邊指著醫院落地窗外的箱型車。

即便距離如此遙遠，還是可以感受到裡面高濃度強烈的魔力散發出來，裡頭至少有一打以上的魔法師正在虎視眈眈，視暗號就要奪門而出了！

他剛剛說「絆住林文」？這代表林文他們有危險嗎？

亞澈雙目瞪大的緊盯著對方，他擔憂著林文和琳恩的同時，一旁的由乃悄然走到亞澈身旁握住了他的手，低聲說道：「你有佩戴志工服務證嗎？」

「有。」亞澈點了點頭，但卻完全沒辦法明白由乃想要做些什麼……在這種節骨眼，總不可能是安全檢查吧？

「那太好了。」由乃漾出微笑，轉眼突然對著監視器放聲命令著：「系統代號00101狀況，非演習，強制啟動！」

監視器的光圈隨著由乃的話語一陣旋轉，原先太陽黃的燈光瞬間被赤紅淹沒，在紅光吞噬眼界的剎那，亞澈聽到了監視器傳出的生硬機械音。

「所有人員緊急避難，一秒後單向傳送陣開放——一，零！」

當亞澈再睜開眼的時候，只看到周遭滿滿茫然困惑的人，禮堂內頓時水洩不通。不僅是醫療人員，就連病患，甚至探病人員都被傳送至此。

「這是緊急避難程序，只要一啟動，所有佩戴識別證的人都會被傳送到禮堂內，而且秘警署也會接獲系統通報。」由乃泛出一絲冷笑，「交給我吧！這座醫院的保全系統可是由我親手打造的。」

由乃從容的爬上了禮堂的講臺，只花了不到三十秒就將現場的混亂控制住，這不單單是因為由乃的能耐，而是醫療人員和病患都能在瞬間進入狀況，連緊張不安的探病人士，周圍的人也都伸出援手安慰著，所以恐懼的連鎖就這樣被中斷了。

這間秘警署旗下的醫院屬於天主教醫院系統，詭異的是雖被稱作醫院，但真正擁有醫療執照的人卻很少，真正來到這間醫院的，絕大多數都是尋求詛咒或者附身等治療，或者被秘警署轉介的病患。尋常的感冒、拉肚子或許他們還可以應付，但要是腦出血、心臟病等疑難雜症，就很有可能出現醫生比病人還要緊張的窘境。

既然來這間醫院的都是見過大風大浪的人，對於恐怖分子的襲擊，大家反而看得開了。

「應該還好吧，恐怖分子再危險，應該也不會比數百喪屍群來得凶險吧？」

「老子都跟獨角獸打過架了，還會怕那群瘋子？」

「我說……乾脆我們自己出去，一人一顆火球術說不定就把他們打跑了？」

亞澈聽著周遭每個人都如此英勇，就連印象中一直溫柔婉約的護理師都捲起袖子，捧著邊角帶有詭異紅漬的聖經精裝本……

真被那本磚塊書打中的話，應該是無庸置疑的腦震盪吧？

「還請大家冷靜，我們之中有很多病患，不如就先守成，等待秘警署的到來，這樣對病患和家屬才是最安全的方式。」

由乃安撫著幾位已經迫不及待的殯葬業者。從他們臉上的表情，看得出來他們很想自己親手創造業績、自己製造傷患、自己包紮傷患，一線到底的流水線。

看著禮堂講臺旁所寫的「自由、平等、博愛」，亞澈深深覺得和現場的從業人員完全的天差地遠。

但愉悅嘻笑的氣氛卻沒有持續太久，就在眾人還沒有反應過來的時候，空氣在剎那震動了，禮堂上方的玻璃天花板如同流星般的散落……原先樸素的木造地板頓時發出耀眼的符文光輝出來，半透明的乳白色光罩籠罩住了整座禮堂，將所有的玻璃碎屑彈飛，低沉的嗡鳴聲隨著結界不穩定的律動斷斷續續的發響著。

「這可以用『藏樹於林』這詞來形容嗎？總感覺不太符合。」

李雲從煙塵中不慌不忙的走了出來，身後跟著數十名穿戴罪業會斗篷的魔法師，「原本以為會很難找到你們的，畢竟這棟建築物這麼多樓層和處所，但太香了，實在是香氣誘人。」

「即便現在也只是更讓我們確立你根本捨棄不了這些人，亞澈先生將自己大半的魔力如此慈悲為懷的貢獻出去，整個醫療院區到處都充斥著你的魔力獨有的芬芳，實在是難以忽略啊！」李雲看了眼站在發抖的小朋友旁、正握拳怒視的亞澈，淺淺的彎了彎嘴角。

「找到又如何？」由乃握著麥克風毫不客氣的說著，「這結界是委託神族和梵蒂岡教宗親自設立的，你們絕對不可能能在秘警署趕來之前打破的！」

「呵呵，我們當然知道這結界的緣由，畢竟這麼有名。在人間，由神族建立的結界可是屈指可數的。」李雲壞笑的盯著亞澈，「但就是因為這是神族建立的……拿來包庇著你？難道閣下不知道你的存在本身就是破壞結界的要因嗎？」

聽著李雲的話語，亞澈的喉頭頓時乾啞了。

這說明了很多事情，為什麼從進來禮堂開始，他的身體就一陣毫無理由的不適。就連那些身受靈竭症所苦的病童，在這結界當中也開始呼吸不順了起來。

我的魔力……不被神族所設立的結界包容。亞澈閉眼咬牙想著。

「亞澈別理他！就算有血統問題，神族結界是不會這麼容易被抵觸崩解的！」由乃從講臺上跳了下來，握住亞澈的雙手喊著。

「喔？是這樣嗎？但結界通常都是只有一面強，對外強我們稱為『結界』，對內強我們稱作『封印』，這種如此剛硬的結界，內部一定是脆弱不堪。」李雲淡然的說著，「而且你們可以這樣拖下去嗎？那群小鬼情況不妙吧？」

經他這麼一說，所有人才注意到，原本活潑好動的小朋友們，此刻都臉色蒼白，呼吸粗喘了起來。

但是沒有任何異常啊！只要有神族結界在，別說毒藥，就算是詛咒也會被驅拒於外才對，為什麼這群孩子會這麼痛苦？

所有醫護人員面面相覷，百思不得其解。

※　※◆※　※

靜謐的大學校園裡，林文正一派平和的享受著午餐。

今天的午餐是由琳恩所烹調的雞肉青醬燉飯和法式洋蔥濃湯，越是品嘗著那近乎五星級主廚的美食，就讓林文覺得自己像是做夢一般。

悠閒的中午，看著亞澈和由乃去約會，計畫也按照進度方向推進，在疲憊之餘享受著琳恩精心準備的午膳，這樣的人生會不會太奢侈了？

正當林文心滿意足的感嘆時，一道雷光從他眼底下掠過，在即將竄入他肌膚之際，方向遭到扭轉，彈向了他想保留到最後再享用的日式抹茶奶酪！他連驚呼都還來不及發出，那一籃特地保留下來的飯後甜點兼下午茶就被雷光炸成一地的焦黑。

「我一個禮拜僅有一天的飯後甜點！你們這群混蛋！」

林文氣急敗壞的跳了起來，摸了摸脖子上的水晶護身符，看向四周從梁柱後方走出來的身影，手一招，兩隻霜狼就這樣憑空躍了出來。

霜狼猙獰的低咆著，露出警戒的神色望向天際。

林文跟著看向天空，天空幾乎被染成了橙紅色，他差點誤以為是夕陽——要不是因為他肯定自己剛剛是在吃午餐，而不是喝下午茶，他一定會以為那只是夕陽落下的餘暉。

天空中是一大群拍打著由火焰織起雙翼的雀鳥，體型雖小、數量卻多得驚人的把天空幾乎遮掩住了。

林文恍神似的眨了眨眼，那是火雀，和霜狼相比雖然次等一階，但卻可以用數量補足傷害力的使魔。

但他驚訝的不是這一點，而是竟然有召喚師敢在他面前用使魔來和他對抗！

林文抓了抓頭皮，雖然這麼說顯得有點自大，但放眼人間，敢在他面前行使召喚術的人，大概屈指可數吧！

也就是說，對方與其說是想要班門弄斧，更大的可能是……

他的雙眼瞇成了一條線。

成群的火雀像是不要命的進行神風特攻隊般的自殺撲擊，霜狼頂著如此數量驚人的火雀，身上的冰晶逐漸溶融成玻璃般的透明。

果然與他所猜想的如出一轍，對方不敢跟他正面抗衡，只敢召喚些使魔來暗殺他……不，絕對不是這種打算，所以合理的解釋應該是要拖住他才對。

重點就是這個！是要拖住他的什麼？總不可能是拖住他的午餐進食時間吧？又不是什麼三歲小孩惡作劇。

他很困惑，完全感覺不到任何攻擊背後的目的。

「琳恩？」

林文召喚一聲，身旁的大地綻出如花朵般開啟的門扉，琳恩一臉錯愕的從門中現身，手上還正抓著一顆飽滿的、充斥濃濃奶油香的泡芙，完全就是正要送入口的狀態。

他怎麼覺得琳恩手中的泡芙異常的眼熟？

林文還在納悶時，琳恩已經一派輕鬆的把泡芙送入口中。

橙黃色的奶油從嘴角緩緩溢出，林文這個時候才臉色大變的伸手直指著琳恩。

「那是我珍藏在書房冰箱的泡芙！我一直捨不得吃！」

「所以我決定替你解決你的煩惱啦！」琳恩用小指優雅的抹去了嘴角的奶油，笑道：「別這樣啦！我好歹也用高級鮮奶幫你做了奶酪，就算一換一吧！」

——幹！重點就是我沒有換到啊！

他惱怒的看了眼地上的焦黑痕跡，滿腔的食物怨念頓時高漲得無以復加。

「怎麼氣成這副德性？活像是別人搶了你的甜點似的。」琳恩眨了眨眼，看著四面八方不敢輕舉妄動的人，又看了眼林文那怒火中燒的雙目。

「就、就是被燒掉了啊！」林文氣岔的說了出來。

「所以你為了懲治這群燒你奶酪的人，特地把我召喚出來？」琳恩挑了挑眉。

「我！我——」林文一口氣頓時提不上來，聲音突然縮小了許多，「原本不是為了甜點的！」

「原本？所以現在是？」琳恩噴笑了幾聲。

「……」林文現在不需要鏡子，都可以感受得到自己臉上的羞紅。

趁著兩人交談之時，又是一大群的火雀拍打著火花的雙翅，從屋簷梁柱後方迅速竄出。

林文搖了搖頭，手掌輕撫著霜狼的大頭，霜狼彷彿很享受這種撫摸，輕聲揚起的嗚聲一過，霜狼就消失了。

琳恩看著雙手空空、周圍沒留半隻使魔的林文，翻了翻白眼。嘆了口氣，她輕柔的翻轉著手腕，手中轉眼間浮出一條黑鞭的握柄，鞭體則沿著地上的影子脈絡緩緩實體化出來。

黑鞭無聲無息的晃動橫掃，空中喧騰不止的火花頓時煙滅，她輕描淡寫的一鞭，就讓所有人止息了。

※　　※◆※　　※

醫院禮堂中，由乃怒目瞪著李雲。

「你這渾蛋！你在公園對他們做了什麼！」由乃跑過去蹲下看顧著那些小朋友，臉一抬起來，憤怒之情躍於面容的大吼出來。

「我？這一點應該是要問亞澈先生吧。」李雲故意裝糊塗的抓了抓頭。

「……把儲靈儀關掉，他們就不會那麼痛苦了。」亞澈的聲音此刻荒涼生冷，他走到某個小朋友身旁，將儲靈儀取了下來，看著在自己眼前逐漸睡去的小朋友，他只能低聲細說著：「對不起。」

一個、兩個……隨著儲靈儀的關閉與沉睡，他們的臉色又逐漸紅潤了起來，呼吸也平順了許多。

看著他們好不容易脫離苦痛，亞澈內疚的站起身，不發一語，轉眼就朝著李雲的方向走了過去。

「站住！亞澈！」由乃將懷中的孩童交付給一旁的護理人員，跑了過去抓住他的肩膀，「那些人根本不懷好意，你現在出去是要去尋死的意思嘛！」

「他們說得對，我根本不應該待在結界裡面的，難道妳沒有察覺到，我待越久，這個結界就越加脆弱？」亞澈指著原先光亮半透明的結界，此刻已經綻出如同蜘蛛網般的碎紋出來了，再拖下去，結界的崩潰是必然的結果了。

「開什麼玩笑！就算你是血族或者狼人之類的，區區的一個、兩個異族血統，怎麼可能擊破這結界！一定一定不會有事的！」由乃激動的喊了出來。

「那是當然……神族的結界怎麼可能會被那種低等種族撼動。」李雲嘖嘖出聲，「問題是亞澈先生可不是什麼低等種族，他是——」

「你閉嘴！」由乃怒目的瞪著李雲。

但李雲卻異常緩慢又清晰的說了：「魔、界、的、王、族、之、子！他血統的純正，那群雜碎可是完全無法與他比較的。」

所有禮堂裡的人都怔愣住了，由乃不敢置信的看著亞澈，但亞澈卻沒有半點要否認的意思，甚至將自己一直隱藏的羽翼和角顯露了出來。

那是一對黝黑的雙翅，以及枝節有序的惡魔鹿角……

高貴的魔性表露無遺，現在看起來人間的模仿妝扮惡魔完全是種誣衊，怎麼可能有人能傳達出真正惡魔王族氣質的千分之一！

「抱歉……我隱瞞了妳。」

亞澈苦澀的聲音斷斷續續的流入了由乃的雙耳。

完全不敢回頭面對那些人的目光……他在人間待了這幾個月，深知魔族在人間被汙名化的有多嚴重，或許所有人的眼神他都可以忍受，但是此刻他卻害怕著那些他認識的爺爺奶奶、護理師和醫生的譴責目光，但最害怕的是由乃那雙他熟悉不已的瞳孔也變得跟那些人一般，恐懼而森寒無比。

漆墨如夜的雙翅一展，亞澈深吸了口氣，舉足踏出了結界之外。

※　　※◆※　　※

校園的中心，火花不停殞落，宛若煙火嘉年華會好不燦爛。

琳恩彷彿天女般不斷舞動如絲帶的影鞭，是很輕優秀美的舞姿沒錯，但再華美的舞鞭持續了半小時以上，也會變得索然無味。

果不其然……林文早就雙腿盤坐在地上，兩眼發呆的打了個呵欠。

不只是林文，火花中心的琳恩也沒有停下動作，但雙眼卻越發無趣苦悶。

這真的很沒有意義，別說元素使魔不會死亡，這種不斷重複召喚和送返的過程，既浪費時間也浪費精力。她這段時間都不知道可以做幾道菜，清理多少疊藏書了……重點是還很熱！

琳恩雖然從來沒有在意什麼肌膚保濕，但在火花中心待了這麼久，連髮尾都無可避免的乾枯捲了起來。

「真是夠了！」

琳恩極度不快的抱怨，手中的鞭影一夕間束縛住所有火雀，她手一抓，整片空氣頓時凝固，她的身影如白駒過隙般掠過。

就在琳恩的手指即將碰觸到那些畏畏縮縮躲在梁柱後的魔法師時，四道白銀光澤般的鎖鏈從四方射出綑住了琳恩的四肢，情況變化得太突然，琳恩完全措手不及，沒有反應過來。

「形而返，魂而退，歸卻異界。」

莫名的吟詠聲奏起，白銀鎖鏈發出了燦眼的光輝。

這是遣返。理論上可以將任何異界的使魔利用此法術送返回去，但現場卻讓埋伏在暗處的召喚師們傻眼了。

理論上，琳恩的身影應該在光輝中逐漸消退才是，但映入眼簾的事實卻是琳恩根本完全沒有任何異狀！身體完好無缺，就連塊皮都沒有消失。在光亮中的她只是露出稀鬆平常的神情，手腕猛力一掙，那些白銀鎖鏈頓時碎散成一地的光影。

「如果有這麼簡單讓我回去就好了。」她笑得很燦爛，卻讓所有人不寒而慄。

「這原來不是傳說啊！」一位身披連帽兜的少女露出了嘖嘖稱奇的神情，「傳聞中，林文的使魔都不會受到遣返術的影響，我一直以為這只不過是無稽之談，現在確實大開眼界了。」

「妳要大開眼界的事情不只是這些吧？」

琳恩輕笑著，秀手攫住了那少女的領口，眼看就要一鞭甩下去的時候，少女的身形……不，應該說所有躲藏在梁柱後方的人形都散亂成一地的墨漬，弄得琳恩身上一身濕黑。

有點傻愣的看了看自己身上的墨汙，琳恩緊咬著牙。

——很不爽，真的真的很不爽！

琳恩正要飆出粗口時才驚覺到，那些將她淋濕的墨汙正不留痕跡的侵占她的自由，沒過多久她就完全無法動彈了，甚至連呼喊都做不到。

「雖然沒有辦法遣返，但禁制總是可以的吧。」少女的聲音再度響起，話裡頭盡是藏不住的得意。

「呃……說實話，我並不覺得這是一個好主意。」林文抹了抹臉，他的神情罕見的有點驚慌。

看著傳說中的大師陷入驚慌的神態，少女冷哼了一聲。

看樣子名氣真的算不上什麼，雖然罪業會高層在獲知了林文的身分背景之後，就直接將林文列為禁忌般的存在，嚴令禁止對林文的挑釁。

就連這次的牽制計畫，也沒有任何高層願意自告奮勇擔任拖住林文的角色，要不是自己真的想會會這位在組織中被神話的存在，恐怕作戰執行將會被無限期拖延下去。

但現在看來，林文根本沒有什麼了不起，不過就是一位學者型召喚師，是可以召喚出幾隻強大的使魔沒錯，但戰鬥經驗的缺乏卻是致命傷，搞不好自己現在就可以拿下他的頭了！

「沒有使魔就手足無措嗎？」少女冷笑了。

「妳說誰手足無措？」墨水中，琳恩飽含怒火的嗓音斷斷續續的傳了出來，就像是收訊不佳的收音機般。

少女一聽到琳恩的聲音，整個人跳了起來，詫異的盯著那黑色的石像。

這怎麼可能！那是仙界的咒術，專門克制使魔的法術，她本身就是憑藉著這一招，將多少背叛罪業會的召喚師暗殺掉的。

從來沒有使魔可以掙脫這一招，剛剛那應該不過是自己的幻聽吧！

但仔細一瞧，她卻發現琳恩的睫毛不停的顫動著，可以想像過不了多久，琳恩就可以逐步掙脫仙咒的禁制了。

「所以我才說不要禁制她會比較好。」林文汗顏的抓了抓臉頰，語氣虛弱的補上一句：「尤其妳又把她的衣服弄得這麼髒。」

「那我就在她掙脫禁制之前，殺掉你！」少女驚恐的喊著，一彈指，無數的雷蛇、火雀衝了出來，鋪天蓋地的包圍住林文。

雖然情況如此危急，林文卻感到十分無言，心想：明明是我被包圍，為什麼是妳比我還要恐慌？

按了按太陽穴，林文嘆息著單手舉起，一本厚磚精裝書就這樣憑空出現在他手中，他微微的啟口：「脫縛。」

他的音量虛無縹緲，他的語氣平靜淡定，但這些都不影響那些隱藏在字句中的力量。

僅僅只是兩個字，就讓少女陷入了無止境的深淵。

一剎那，墨水炸飛四散，琳恩帶著無垠的怒火掙脫了仙術禁制。

「為、為什麼？這太詭異了！『脫縛』……那是將靈體重新構築，是傳說中的禁術，你怎麼可能施展得出來！」少女結結巴巴的說著，對於眼前的一切完全不可置信。

那是傳聞中所羅門大帝所使用的禁術，只存在於神話章節的歌詠中，但就在她眼前真實上演了！

「不為什麼——」林文緩緩揚起視線，帶著苦澀的口吻笑了，「這既是天賦，也是詛咒，就僅是這樣而已罷了。」

突然「劈啪」一聲，琳恩手中的影鞭破空而至，少女驚覺的回過神來，此時她背上的冷汗早已浸濕了衣衫……

※　※◆※　※

禮堂裡所有人在當下都只是目送著亞澈的背影。不，應該說除了一個人以外。一隻發抖纖弱的手寂靜的從後方扯住了他的衣角，他不用回頭都能知道這隻正不斷顫抖的手是誰的。

「由乃，不要讓自己做出會後悔一生的決定。」亞澈淡然的說著，「妳曾經跟我說過，妳沒有辦法捨棄那些需要妳的人，難道現在這個緊要關頭，妳要為了我一個人，將那些人置於危難之中？」

「……若我就這樣讓你走，才是我會後悔一生的決定。」由乃原先發抖的手緩緩停下抖動了，她終於明白自己真的想要做的是什麼了，「我要你記住，我的固執沒有任何轉圜的餘地。」

由乃的手中不知何時出現了一柄杵，那是一柄兩端短尖的雙頭杵，是藏傳佛教中常出現的法器，銅黃的杵身上，蝕刻著各種精妙難解的梵文在其中。

完全沒有一絲猶豫，她下一刻就將手中的杵深釘於亞澈的影子上。

無盡的梵文立刻從杵中浮現出來，亞澈震驚不已的正要抽身時，才發現自己早已動彈不得了。

「這是？」

「封魔杵，秘警署給我的護身道具，只能貼身的封印住魔族的行動。說實話，我一直以為這輩子我沒有機會用到它了，畢竟我是後勤研究人員，但卻在這時候派上用場，還真諷刺。」

由乃的臉帶著淚光皺成一團，她轉過身對著身後所有人內疚的深深彎腰道歉，再次抬起頭時，她的眼神中飽含無可動搖的堅定。

「妳就這樣背叛了妳信奉多年的主的信任？」李雲有些詫異的說。

雖然這次行動倉促，但不代表他們罪業會莽撞行事。幾名在醫院中的核心人物，擅長的法術、宗教信仰、甚至家庭組成，罪業會都調查得很徹底。

眼前這位少女，雖然看似年輕，但在島國也不算什麼默默無名的角色，光是魔導工程學就能連跳三級，說她是魔導工程學的天才也不為過……若不是靈竭症的存在讓她放棄了繼續鑽研深造，說不定島國的魔工學還能再往前提升個十年。

「沒有……我相信要是就這樣選擇放手，那才是對主的背叛。」由乃一邊說著，一邊將手邊的幾塊零件組裝在一起，「如果主礙於身分沒有辦法庇護他的話，那由我來代為行之就可以了。」

「愚蠢。」李雲輕搖著頭，手勢落下，一道道咒力的光波不斷灑落在結界之上，動搖著結界的力量。

單方面的承受咒光的攻擊，讓亞澈掙扎了起來，心中吶喊道：為什麼要這樣子！明明可以把損害降到最低的！

「轟！」

但一聲槍響代之回答了——由乃手中原先零散的組件，此刻卻變成一柄半人高的大槍在手中。

由乃疲憊的喘著氣，手中的魔導槍剛才僅僅一槍就把罪業會幾名魔法師的護身結界轟出了一個洞！

「系統代號0，強制啟動。」由乃的眼神抱著某種覺悟。

「確定執行？請注意此執行結果將會造成結界的一次使用性。」

冰冷的機械音按照當初的設定提示，再次確認詢問。

「確定。」由乃閉眼呢喃道。

這個由神族和教宗創立的結界，不僅對外牢不可破，重點是還能不斷自我修復，理論上即便天荒地老，只要島國的龍脈沒有斷裂，這結界就可以再生修復、永生永世的存在。

如今，這個特性已經永遠不可能辦到了，因為就在剛剛由乃利用了管理者權限，啟動了結界的一次使用性──將所有再生修復的機制捨棄掉，一次把所有力量毫無保留的灌注在鞏固結界上。

這下子，結界將會變得比原先還要強悍數十倍，說不定甚至超過了梵蒂岡大教堂結界！但今日一過，這結界就會灰飛煙滅了……

沒有修復的可能，畢竟沒有人清楚神族結界的架構，也沒有人知道要怎麼聯絡神族。神族的降臨向來是單方面的，有幸能委託到神族幫忙架設結界，在當時可以說是轟動整個人間的，所有人都認為這座結界可以庇護這間醫院千秋萬世。

但卻毀在了自己的手中……由乃心中痛喊道。

就某個觀點來說，剛剛她所毀滅的，不單單只是一座結界，而是未來的世界文化遺產。

果然，隨著系統音的沉默，原先龜裂破綻滿布的結界在所有人眼前完全修復了……不！甚至比剛開始啟動時還更加牢不可破！

神族的氣息毫不掩飾的從結界上散發出來，對罪業會的眾人來說，彷彿眼前正和一位守護天使長對峙待戰般。

※　　※◆※　　※

「我不能讓你們通過！」少女緊咬著牙，她的身軀停止了顫慄，眼底下的伏光暗動，如蛇般蠕動的魔力流竄遍全身。

「不是，我不懂……沒頭沒腦的，你們的目的究竟是——」林文話說到一半，突然瞪大雙眼半晌，「亞澈那邊嗎？」

和平的時光過得太久，他都幾乎快忘記隱伏在黑暗中的獠牙……不！要說完全沒有警覺也不對，只是這段時間對方按兵不動，他便以為對方應該會顧及他們過去的慘案，不敢輕舉妄動。

其實他大概猜測到了，雖然仍舊無法確信，但罪業會應該就是昔日被他毀滅過一次的那個組織……

結果是自己想的太天真嗎？林文輕然嘆息了。

他抓著胸前的水晶護墜，心想亞澈現在應該還平安無事才對。

微皺著眉頭，林文手中的書頁無風自動翻了起來；琳恩含著笑，手中的影鞭隨著林文的書頁翻轉，越來越交錯疊合，幾乎要把鄰近之地吞噬般。

「吾身負罪，故吾無神所顧，吾身懷業，故吾無魔所近，唯罪與業——永不凋散。」少女沉吟著咒歌，眼角逐漸湧出血珠垂落。臉色蒼白的少女咳著笑說：「我就算魂飛魄散，也不會讓你離開這裡的！」

風湧動了起來，那是帶著不祥和災厄的黑風，將少女和琳恩、林文都危困在其中，高聳的風壁如同龍捲風的內部般，完全沒有空隙可鑽。

林文聽到少女的話，身子一陣無可壓抑的顫動，他全身僵硬的說道：「很抱歉，要死的話，請到我們看不見的地方死去。」

「我……會帶你……走的。」少女斷斷續續的說著，整張臉蒼白得完全沒半分血色。

「呵呵……很抱歉，這是沒有辦法做到的事情喔。」琳恩輕笑著，眼底卻是森寒的，「他可是『喚者』，妳的信念完全無法和他的性命相提並論。」

少女驚愕的愣住了，她唇口微開，完全沒有辦法吐露出心裡的震驚。望著沒有否認的林文，她緊握著雙拳，風壓頓時高漲，稀薄的空氣幾乎讓人難以呼吸，但她還是聽見了林文的話語……

那是被風切割成支離破碎的誦詞。

「以喚者之名祈願……六界……零碎——」

剩下的吟詠再也流不入她耳中。那零散的咒歌，就是她短暫的人生中最後聽到的話語。

※　※◆※　※

「……少祭司，外援發生了問題，應該過不來了。」一名罪業會的魔法師走到李雲身旁低聲請求指令，「林文那裡比我們預期的還要艱困。」

李雲輕嘆了口氣，看著結界之中嚴陣以待的由乃，他手腕一轉，一柄鐮刀瞬時出現在他的手中，將鐮刀交付給身旁的魔法師，他走到了神族結界旁，用手掌碰觸著結界。

「放棄A計畫，全部人改依照B計畫行事。」他面色平靜的說著，所有人頓時心領神會的行動起來。

「不要痴人說夢了，不管是什麼計畫，都不可能拿這結界有辦法的！」看著罪業會的人有所動作，由乃皺眉喊道。

「那是對人類而言。」李雲淡笑了出來，手指著鐮刀的方向，「對人類來說，神族結界自然是無法可想，但對冥界來說可就不是這樣。用腦子想想吧，假如神族結界真的獨步六界，六界怎麼會還沒淪落到他們手中？」

「怎麼會……」由乃雙脣微張，她很不願意相信，但事實擺在眼前。

那柄鐮刀此時正散發著黑色的幽光，一點一點的啃食著神族結界，原先光亮圓滑的結界不過片刻就暗淡了下來。

咬了咬牙，由乃下一刻衝出結界外，讓所有人都驚慌失措了起來。

「由乃！回來！」

「小丫頭妳不要命了！」

由乃完全沒有理會身後人的叫喊，手一舉起來，對著鐮刀的方向就是一槍！

燦白色的靈彈把專心唸咒的罪業會魔法師轟得手忙腳亂，失去唸咒的支援，黑色的鐮刀頓時墜落於地。

「妳真的很想死，對吧？」李雲從容不迫的走到由乃和鐮刀的中間，雙眼盡是不解和困惑，「為了一個魔族，這樣做值得嗎？」

「很值得，他比我見過的許多人都還要好、還要良善……」由乃精疲力盡的看著依然被困在原地無法動彈的亞澈，綻出一絲笑靨，「我總不能在那群小鬼睡醒後，告訴他們我眼睜睜的看亞澈被你們綁走了，真若如此，連我都瞧不起自己。」

「但事實是我根本不需要動手。」李雲攤手，「那柄槍是由魔力所驅動的對吧？本來就是靈竭症患者的妳，剛剛那兩槍就是妳的極限了吧？在第三槍透支的靈力下，妳可能不是小睡一會兒，而是一生永眠喔。」

「那你可以賭賭看啊！」由乃吃力的撐著眼皮不讓自己沉睡，威嚇笑道：「就賭賭看我到底會不會開這槍！」

「賭什麼賭？妳敢按下扳機，我就把妳接下來的時段全部調到幼兒部去！」亞澈的聲音冷不防的出現在她耳際，語氣中的憤怒和森寒讓她完全無法懷疑是幻覺。

「你……怎麼會？」由乃驚訝的看著怒火中燒的亞澈，和躲在結界中興奮的高舉著封魔杵的爺爺奶奶們，她氣到講話都結巴了：「你們、你們這群人！吃、吃裡扒外！胳臂往外彎！我……我就知道你們重男輕女！」

「是想怎樣？先在結界裡頭上演綑綁PLAY，再跑到結界外玩英雄戲碼，我怎不知道妳這麼大膽又富有童心？」亞澈冷言冷語的痛斥著。

「誰跟你什麼綑綁PLAY！那明明就是封魔杵！」由乃氣到跳腳。

「喔？是喔！真抱歉啊！我什麼都沒看到就突然無法動彈了！天知道妳是不是拿什麼隱藏鋼絲之類的把我綑綁住！這種神不知鬼不覺的技巧，真是讓我佩服不已啊！」亞澈冷哼了一聲。

「那個……我還在這裡喔。」發現兩個人就在自己面前爭吵了起來，對於自身的存在完全視若無睹，李雲詫異的揮了揮手。

「你——閉嘴！」

兩人異口同聲的怒罵出來。

全場頓時一片緘默，原先還在唸咒破陣的魔法師們，也無一受到言靈波擊而沉默了。

這真是太詭異了……

明明神族結界還健在的現在，任何魔族的言靈都應該會失效才對，但別說亞澈沒有以魔族名諱發聲，如此隨心所欲的話語卻能讓所有人都沉默禁語？

只能說憤怒是最佳的催化劑吧！

「你出來結界做什麼？要尋死的話，我乾脆先一槍送你上路比較快！」由乃不滿的撇過頭去。

「這句話是該我說才對吧？」亞澈咬牙切齒道，「妳出來結界到底想做什麼？別說這年頭不流行聖女貞德的死法，真讓妳睡癱倒在地上妨礙大家進出，妳是要誰揹妳回病床上！」

「我！」被亞澈氣到話都說不出來的由乃，懊惱的想著剛剛怎麼會想要幫這個臭鳥人出頭。

「我什麼我！槍交出來啦！沒幾兩魔力，還在那邊噴魔力！」亞澈怒搶了由乃手中的魔導槍。

看著空無一物的手心，由乃正要抗議時，亞澈瞪了她一眼，她只能作罷在心裡咕噥著：什麼啊！難怪人家說綿羊生氣比狼猛，更何況亞澈也不是什麼綿羊，雖然平常都和顏悅色的，但這種人生起氣來也最麻煩。

「手！」亞澈低聲吼著。

「沒東西了啦！你還真以為有隱形鋼絲——」

由乃正要回嘴反嗆時，亞澈卻沉默不語的抓住了她空下來的右手，一股清涼如玉的魔力頓時從手掌流了過來。

「你？」

由乃感受著魔力的流入，正要開口提醒魔力流入的速度太快，這樣他很快就會不支倒地時，亞澈只是更加捏緊了她的手掌，呢喃的說道：「不要閉上眼，再睏都不可以。」

由乃只是張了張嘴，最後還是決定沉默不說了。

「真是有情有愛，所以你決定跟我們一起走一趟了嗎？」李雲拍了拍掌，氣定神閒的看著亞澈。

「我拒絕。別說是罪業會強制召喚我，若論契約，我們也沒有任何關聯，所以我完全沒有任何理由要聽從你們的安排。」亞澈的語氣堅若磐石，完全沒有任何置喙的餘地。

「那就只能動粗了。」李雲嘖嘖出聲。

原先唸咒破結界的魔法師們紛紛放下了手邊的工作，轉而面對亞澈，反正亞澈也離開了結界。對他們來說，此行的目的是亞澈，至於結界內的人群，能不扯上關係當然別扯上比較好。

「先提醒一句，神族氣息如此豐厚的當下，魔族的言靈和法術都會受到無比的壓制，即便如此，你還是選擇一戰？」李雲做出最後的詢問。

如果可以，他實在不願意動刀舞槍的，能夠省一事當然省一事。

在這個禮堂內，罪業會是沒有任何理由輸的，別說亞澈只會言靈，在受到壓抑的情況下，這次亞澈就算再冒用希瓦娜的名諱，只怕效果也是大打折扣的。

但真實的結果卻出乎所有人的意料之外……

「砰」的一聲，依然是燦白色的咒光急馳而過，卻讓所有人都啞口無言了。

如果說由乃剛剛射出的咒光是碗口大小，亞澈的咒光根本就是籃球般的直徑，破壞力和速度完全無法相提並論。

「看在你先禮後兵的態度下，我也有三件事情要跟你說。」亞澈扭了扭頭，鬆了鬆全身的關節，隨時做好蓄勢待發的準備。

「第一，你不應該選在都市內跟魔族對峙，這裡的情緒太豐富了。」

亞澈伸出了一根手指，隨即彈起第二根手指。

「第二，你不應該讓魔族有機會將羽翼和角嶄露出來，這樣我的領域可以擴及到整座都市，甚至邊陲小鎮也在我的領域之下。」

「最後，你不應該和一位拿著魔導槍的魔族閒話那麼久，這會讓下一發魔導彈的威力變得無與倫比。」

語畢，亞澈舉起魔導槍。不光是槍口，此時整柄槍身都散發著濃厚純淨的魔力，多到溢散流落出來，甚至閃著耀眼燦爛的光輝，不難想像下一發的威力絕對不容小覷。

「怎樣？還要打嗎？」亞澈單瞇著眼。

李雲評估了一下局勢，搖了搖頭，對著罪業會的人喊道：「撤吧。」

「少祭司！屬下認為還有一拚之力！」一名魔法師著急的跳了出來阻止道。

不少人也贊同的點頭附議，但李雲卻冷笑了，完全無視眾人的抗議，雙眼直瞪著天花板，彷彿能夠洞穿一般。

凜然的低氣壓早已不知不覺的籠罩了整棟禮堂，李雲的神色罕見的凝重起來，他緊緊的盯著亞澈的胸口，一股莫名的扭曲從亞澈胸口的水晶墜飾上不停散發出來，扭曲逐漸擴張了開來。

李雲手一揚起，所有人頓時收聲，聲音冰寒而顯得遙遠：「逆召喚……喚者即將降臨了。」

「明智的選擇。」亞澈淡淡的笑了。

「好說。」李雲回應一笑。

隨即，罪業會就在眾目睽睽之下忿忿的消失了身影。

李雲最後消失的瞬間，他說話了：「對了，最後還是說一句，對罪業會而言，王族的犧牲是必然的，亞澈先生真若如此堅決抵抗的話，視情況大祭司說不定會改選擇你的兄弟姐妹，這一點還請多加考慮。」

聽到這裡，終於忍不住的由乃跳了出來。

「還有這種公開警告的綁架！這是威脅還是恐嚇啊！」由乃憤怒的訓斥著，一想起自始至終都沒有口出惡言的亞澈，她的怒火轉而宣洩出來，「你也真是的！對付這種爛貨，怎麼看你連罵都沒罵幾句！不會三字經，好歹也要問候對方祖宗之類的啊！」

但回應她的依然是沉默，她狐疑的轉過身去，只見亞澈沒有動靜的倒在地上，臉伏於地，就像死亡了一般的寂靜。

「亞澈！」

The summon is the beginning of bad luck

Chap.7 惡魔芽翼與宣戰通告

靜謐的病房之中，又是門開門關，又是花盆卡片……小小的空間被塞滿各種慰問禮品。

這一個禮拜以來，光是簽收和招待，就讓林文和琳恩實在很想遷居到玉山或是龜山島。

「我知道亞澈算是帥哥，但這種來訪年齡跨越一甲子，男女老少皆有，守備範圍不會太大嗎？」林文看著桌上小朋友塗鴉的卡片，和老人家親自打的中國結和種植的萬年青，整個組合就很匪夷所思。

「這不是很符合你們人類所謂的魔性？」琳恩將收到的蘋果拿進廚房。

只能說雖然時代在進步，但大家送來送去的還是那些玩意，苦的是林文和他的那票學生，蘋果派、蘋果果醬、蘋果沙拉……再這樣吃下去，她自己都會擔心他們會不會蘋果酸過高。

看著依然在沉睡的亞澈，林文只能說，事情到最後的發展真的讓人啼笑皆非。

礙於神族結界的關係，林文給的護身符效力完全被遮蔽，遍尋不著亞澈的林文最後正在逆召喚的時候，口袋中的手機卻響了起來，中斷了逆召喚儀式。

聽著電話裡夾雜著哭泣音和叫喚聲，林文第一時間還以為是從冥界無間獄打來的背景音效。

結果秘警署難得第一時間趕到了，卻也在第一時間被禮堂內所有人擋在門外。一群老人家就這樣杵著枴杖，和匆忙趕到的秘警署警察在禮堂門口大眼瞪小眼，就差沒有當面泡茶下棋了，完全就是不讓人進去的態勢。

而禮堂裡頭，亞澈正被一群人七手八腳的抬著，透過禮堂秘道，悄悄的送到了急診室裡。

話雖如此，卻沒有人知道亞澈昏迷的主因是什麼，他沒有明顯外傷，也沒有半點受詛咒的痕跡，別說這群醫生護士只會除惡咒、不擅長醫治，就算會醫治的也沒有人治療過魔族，天知道測量血壓是應該測在翅膀還是手臂？心臟是不是在右邊也沒人清楚。

就在所有人都一問三不知的時候，由乃才想起了林文他們的存在。

手指不斷顫抖的按著液晶螢幕，只有在這時候，她才會痛罵手機螢幕靈敏度高成這樣是要逼死誰！

好不容易她終於撥對號碼，是林文接起電話，但林文卻在聽了三秒鐘後，在電話另一頭納悶的問琳恩說懂不懂冥界語，說……這好像是從地獄打過來的。

她要不是擔憂充斥心頭，一定馬上用島國本地特有的俚語問候林文的家人最近是否安好。

好說歹說的，電話才從林文的手中轉交到琳恩手上，只能說不愧是見多識廣的惡魔，就算她牙關打顫到自己都聽不清楚自己的咬字，琳恩還是聽出了幾個關鍵字，甚至還反過來安撫她。

結果在電話掛掉的當下，琳恩就抱著林文瞬間移動到醫院了，才剛踏入醫院門口，一直優雅美麗的琳恩整張臉頓時垮了下來，差點掉頭奔出醫院。

醫院裡滿滿的神族特有的氣息，別說她這個惡魔無法忍受，就連林文都有些難受了起來。

要說六界之中最排外的界域是哪一界，毫無疑問的一定是神界！

這種信神者得永生的芬芳，琳恩無法忍受自是當然，而林文自從當上召喚師就和六界不斷打交道，身上的氣息五花八門，和純淨完全扯不上關係，理所當然的也被這股神族氣息排斥著。

抓了抓頭，林文看著周遭完全無視神族氣息、不斷進出的救難隊員，他真的有一些哀傷，理論上人類應該是六界的原型，六界氣息對於人類應該完全不會排斥才對，但自己卻被排斥了……這到底是該高興還是難過呢？

「我們在門口就被熏成這樣，亞澈他……不太妙吧？」林文皺著眉，這種氣息對於純血魔族來說，這一整棟醫院根本就是毒氣室吧。

「召喚神族開道？」琳恩捏著鼻子提議。對林文來說，六界居民他都有所往來，真要召喚神族過來開道，也不是做不到的事情。

「欸？妳確定？曦發每次見到妳就想大打出手，真讓曦發瞧到亞澈的身影，只怕我們是從趕來救人變成趕來奔喪的吧！而且凶手還會是我們帶過來的。」林文乾笑了幾聲，單手攤開了手中的魔法書，黑色的死亡氣息頓時擴張了開來。

一感知到死亡氣息，所有圍在醫院的秘警署警察頓時轉過頭來，統一整齊的槍枝上膛聲，讓林文的嘴角都有些僵硬了。

「沒事，你繼續，嘴別停啊！」琳恩站了出來，在被神族氣息臭死以及與秘警署針鋒相對的這兩個選擇中，她根本不需要考慮，反正最多……就是林文的悔過書報告疊得跟山一樣高。

但又不可能是她負責去寫，就只有這時候，她才會覺得中華文化博大精神的好，方塊字讚！文法讚！

「等、等一下，那是林文教授和他的使魔！」

耀慶緊張的跳了出來，連忙制止一觸即發的情勢，然後轉頭對著林文就是一陣破吼：「你這個所羅門宅，要不就閉關到社會局前去探問生死，要不就是在這鬼時間跑出來刺激我們，你是怎樣！回味懷舊電玩，轉而迷上無雙系列了嗎！？」

聽著這番話，林文為之氣結了。

——你哪隻眼睛看到我想要玩真實版無雙了！是你眼前這女的出面挑釁，又不是我！

但所有人的目光都是如此直率的譴責著他，他絕望的看著天花板，實在很想將手中的魔法書扔在地上，躲到角落去畫圈圈。

——好啦，我知道所有人都認為使魔的行為是要由召喚師來負責，但那也是在使魔對召喚師百依百順的前提下啊！你們到底哪隻眼睛看到琳恩有百依百順過！

林文就在悲痛萬分的情緒下誦完召喚術，魔法書上的召喚陣浮在空中橫展了開來，死亡和安寧的軌門緩敞。

墨色的水窪，噗噗啵啵的宛若沸騰般，一艘華美高貴的遊艇就這樣憑空躍浮於大理石地磚上。

眨了眨眼睛，所有人都一臉茫然的看著林文，就連林文自己也困惑的翻了翻魔法書，再次確認上頭的召喚陣。

——這沒有錯啊！我總不會錯召喚成幽靈船吧？這種低階錯誤我有可能犯嗎？

「哈哈！怎麼樣，我的新船，你喜歡嗎！話說我還是第一次這麼和你的情緒同化，你是怎樣？難得見到你這麼悲情、這麼傷懷！」

一個穿著古舊簑衣的骷髏人，開懷的揮舞著手中的船槳。

「擺渡人……你換船了？」林文整理了一下思緒，只能作這種解釋，因為眼前那位很歡樂的骷髏人確實是和他締結契約的——黃泉擺渡人。

「嘖嘖，就你們上次不是幫忙冥界死神的忙嗎？他們想要回禮，你也全部打槍啦，那我就說不如回到我這裡吧！他們就送我一艘遊艇了！帥氣吧！馬力可是破萬的！」擺渡人搖了搖指骨，愛惜的摩挲在遊艇上磨蹭著，讓所有人都不寒而慄起來。

「這……很沒黃泉擺渡人的感覺。」林文想像著召喚書上黃泉擺渡人的圖樣，從古早的草船轉變為馬力破萬的遊艇……整個無言以對。

「時代在進步！死亡騎士的坐騎現在腳上也加裝音速火箭了！」擺渡人完全不予理會，挺起胸骨問：「所以是要我迎接哪位死者嗎？全速奔馳下，就算去日本也不過半小時的路途喔。」

林文感覺到頭有些發疼，如果這樣他可以想像得到，國際新聞的頭條變成亞洲臨海地帶出現幽靈船擾民了。

「沒那麼遠，就一樓內的急診室，他也還沒死，不過我們再進不去就岌岌可危了。」林文嘆息的指著醫院深處。

「喔……」擺渡人嗅了嗅空氣中的氣味，牙齒嘎嘎作響了起來，「真有趣，要不是你們從不離開人間，我還真以為這裡是神界。行！上船吧。」

「等一下！」耀慶跳出來正要攔阻擺渡人的船，問道：「這艘船為什麼人人都可見？」

但林文和琳恩完全沒有工夫回應耀慶的疑問，看著那艘遊艇就跟在擁擠的電車中搶到座位一般，頭也不回便跳了上去。

遊艇疾馳……直接穿透了急診室那厚重的鋼門而過，所有物理性質的阻攔都無法抵擋擺渡人的船，這是為了穿越死者身旁的障礙物。

結果，當急診室的人看到擺渡人的身影時，都絕望的閉眼哭泣了，由乃更是跌坐在地上，不敢相信死亡來得如此迅速。

「等一下！別誤會！我現在沒太多時間解釋，反正亞澈沒死，這艘船……好吧，的確是黃泉的船。」感覺到自己越描越黑的林文，氣餒的頹下雙肩，「總之，如果要來探病，歡迎日後前來這裡。」

他將自己隨身攜帶的名片扔了出去，就和琳恩懷中的亞澈坐著船急穿而出。

穿梭於樓房之間，擺渡船根本無視障礙，不管眼前是大樓還是橋梁，全是無聲無息的沒入穿出，甚至連正在如廁的便所和淋浴的沖洗間都穿梭無誤。

「林文……這艘船既然是新入手的，有刻劃上暗示魔法嗎？」琳恩摀住耳朵，也依然聽得到路人不斷驚恐的尖叫，咯咯輕笑的問道。

「不會沒有吧？」林文不安的心想，看著身旁各種車輛急煞，交通為之打結，路人都高舉著手機準備拍照。

「當然沒有！我還在想要刻在哪裡，才不會破壞這艘船的美感！」擺渡人笑了出來，疼惜的摸著遊艇的駕駛盤，「你們覺得刻畫在哪裡才好？側身？船頭？」

「你……」林文驚愣得說不出話了，冷汗橫生的看著不遠處甚至出現了因為急煞而導致的車禍，他無力的頹下雙肩，「我想我知道明天的新聞頭條是什麼了，還是幽靈船，只是從亞洲臨海變成島國北都了。」

結果，他們將亞澈搶救回來後的這一整個禮拜，亞澈都沒有清醒的跡象。

雖然經由擺渡人的冥氣，將神息完全吞噬乾淨了，但亞澈還是沉睡著。

除了手掌上那嚴重的燒傷，宛若被烙鐵灼肉般，他全身上下說實話並沒有發現到什麼嚴重的傷勢。

手掌上之所以會有嚴重的燒傷，是因為當時的魔導槍魔力高度負載化，不堪負荷發燙造成烙痕。

後來聽著由乃講述事情經過，林文和琳恩沉悶許久。

只能說就算他們沒有察覺到罪業會的行動，吉人自有天相，亞澈自己還是有法子可想的。

不過可惜了，如果當時的魔導槍可以堪受得住亞澈的魔力，罪業會應該就不可能全身而退了。

沒有多少人可以抗衡得了以一座都市作為魔力來源的魔族，更何況魔導槍所射出的並不是魔族法術，只是單純的咒波，這種攻擊方式很原始，卻也因此不受六界法術的限制。

但他們最為訝異的是罪業會的能耐。

雖然說神族結界並非牢不可破，若要林文和琳恩去破界，也不是做不到的事情，但是罪業會所採用的方式，很明顯是熟知六界法術的生剋關係。

這已經超越了林文和琳恩的設想了，對於罪業會，他們兩個一直認為是像聖殿騎士團般的仇魔組織，受到神界文化思想的影響，這一類見到魔族就喊打喊殺的組織在歷史上從來沒有少過。

雖然將魔族從魔界特地強制召喚過來進行祭殺是有些詭異的事情，但有誰清楚那種瘋狂團體的核心想法是什麼？

根據由乃的說法，對方不僅沒有對亞澈流露出恨意，甚至可以說是先禮後兵，即便被打退，還是提醒一句「王族犧牲的必要性」——或者這算是恐嚇？

重點就在於對方少祭司所用的詞彙，中文牽扯到殺戮的詞彙非常多，但他卻選擇了「犧牲」這個詞，而不是「獻祭」或者「淨化」這類傳統仇魔組織常用的字眼。

「不覺得有點詭異嗎？我要殺人我絕對不會用『犧牲』這種形容詞，『犧牲』不是有點推崇祭品的意思嗎？」林文罕見的一邊翻著國語辭典，一邊咕噥著。

在遠古年代，能夠拿去被犧牲的祭品，都不是什麼殘次品，只有最為優異的祭品才具有被犧牲的價值，舉凡神豬、處女……

「而且重點還有一個地方，對方很挑明的說非王族不可。別忘記了，我們第一次跟對方打交道時，對方原先的目標可是魔后希瓦娜。」琳恩對這事也提起一點興趣了，「我如果是對方的領袖，只是要殺個魔族擺擺領袖的架子，我絕對不會把目標訂在魔后身上，魔后又不是吃齋唸佛的，做什麼拿石頭砸自己的腳？」

「我大概會期望能夠召喚到魔界的流浪漢降臨吧，最好還是那種營養不良、身體殘疾的那種。」琳恩打趣的說著，這事是真的有點蹊蹺，「風險降低很多，又能夠大展領袖風範。」

「不清楚。」林文扁了扁嘴。

對於罪業會，他有詢問過耀慶他們，但可惜的是，秘警署所知道的也不比他知道的多，這個組織神秘非凡，唯一清楚的是在各國都有著他們活動的身影。

「光是熟知冥界器物剋神界法術這一點，大概就遠超過秘警署那一群自詡為專家的人了。」琳恩冷諷了幾句，人類就是太過畏神，才會把神族奉為圭臬，相信神族的一切都是完美的。

因為這樣……所以人間比起其他五界更加崇尚良善等光明正面，卻也因此侷限了人類法術的進展。

只能說慶幸的是，冥界光是治理死者就忙不過來了，沒有什麼閒情逸致跑來攻打人間，不然以神族法術作為根基的人間，除了對抗魔族還拿得出一些把戲，真的要和仙界、冥界、夢土抗衡，只怕三界根本可以忽略不理人間的反抗勢力。

話雖如此，但是對其他各界來說，人間實在是個不怎麼適合定居長住的界域，除了很久以前就討論過的精神汙染，重點還是在神秘的人間大結界抗拒著外來者的駕臨。

要打不是問題，但打一打就被人間大結界送回自己的界域，那是打心酸的？反正，不管如何都沒辦法長期定居的話，與其把人間當成自己的屬國或者殖民地，倒不如乾脆當成旅遊勝地，至少回去時還可以少花一些功夫——結界免費宅配到府！

雖然可笑，但這就是現在各界對於人間的看法。

一想到人間竟然是依靠作為觀光景點而擁有和平的，就讓琳恩感到啼笑皆非。

「是說……亞澈到底為什麼醒不過來啊？」林文憂慮的看著床上的亞澈。

林文雖然擔憂，但他擔心的目標不是躺在床上的，而是顧了一整晚直到一早才離去的由乃。

對他而言，魔族身體的強悍他早已心知肚明，不過就睡個幾天，畢竟對於魔族來說，沉眠個幾百年也是正常不過的事情，雖然只有王公貴族才有這種財力物力可以體會沉眠，但睡幾天還在魔族可以接受的範圍就是了。

但不管他怎麼解釋，由乃還是天天駕到，大有那種守著孵蛋器看小雞出生的學童精神，結果是躺在病床上的亞澈臉色越來越好，守在病床旁的由乃反而越來越憔悴，再這樣下去只怕亞澈醒了就換由乃病了。

由於神族氣息殘存的緣故，整棟醫院庫存的儲靈儀都不能使用了，畢竟神族氣息會壓抑亞澈的魔力。

雖然秘警署有增派人手捐贈魔力，林文也拜託了黃泉擺渡人前去幫忙驅除神息，但為了以防萬一，亞澈所捐贈的儲靈儀魔力目前是都被封存起來的。

結果就演變成由乃天天渾身刺痛的前來探病……

要不是空間不夠大，再加上由乃本身也婉拒著，林文真的很想再多加張床讓她住在這裡。

總之，再這樣持續下去，由乃的病倒也是可以預見的。

「神族氣息太霸道，而且亞澈也不算是什麼低等魔族，越是崇高的血統就越無法忍受神息，只能說男人都是愛面子的，明明痛苦不堪，還在那撐到最後。」琳恩聳了聳肩，「嘖嘖，愛情真是害人不淺。」

「愛情？」林文眨了眨眼，好奇的看著琳恩。

「呵呵……兩小無猜的情懷應該距離你很遙遠了吧。」琳恩掩嘴偷笑著。

「我……也曾經猜過啊……」林文鬱悶的說著。

元宵猜燈謎嗎？琳恩心裡竊笑道。

「就當有吧。」琳恩挑了挑眉，淺笑敷衍道：「不過你還有心情擔心他們嗎？那堆文書資料報告，先說喔，我可是愛莫能助。」

講到這裡，林文的頭就無力懊惱的深深頹喪著。

除了違法藏匿亞澈的報告，未申請就擅自召喚黃泉擺渡人的召喚，還有桌上那一大堆紅單和各種精神求償信函。

「奇怪！為什麼船隻可以套用陸上交通刑罰？這不會太詭異嗎！」林文捏著紅

單的手指不停發顫著。

我覺得船隻可以在陸上游馳奔騰這一點更詭異吧。琳恩品著茗心想道。

「而且看到幽靈船為什麼是我的錯？難道被外星人嚇到心臟病發，要跑去找太空總署抗議嗎！」林文的眼神掃過各封精神求償信件，咬牙切齒道。

這個嘛，人類向來比較容易大驚小怪，是你跟我們這群非人相處太久，所以才忘記一般人的神經是非常脆弱易斷的。琳恩搖了搖頭，在心裡吐槽著。

看著各式信封內文，林文的額上青筋不斷冒出，終於在最後一封的時候怒吼崩潰了，那是封隱隱散發死亡氣息的信函。

「最好是啦！你沒有遵守冥界法規，讓凡人注意到你的存在！為什麼要我幫你繳交罰款！我才想要叫你幫我交罰款去咧！」林文對著信紙崩潰的大吼著。

琳恩嘆了口氣……嗯，看來這個月要省吃儉用了。

「啊啊啊啊啊啊啊！」掃開所有信函和紅單，林文對著窗外不斷叫囂吶喊。

※　　※◆※　　※

迷迷濛濛之間，亞澈的眼皮跳了跳，緩緩張開眼簾的瞬間，四周瀰漫著暴怒的、怨恨的負面情緒，讓他以為自己落入了冥間地獄。

他躺在床上緩緩搜尋著這股怪異情緒的來源，轉過頭才發現黑漆漆的房間裡有個模糊的人影趴在桌子上，而且還有一些細碎的聲音傳出……

「去死吧……什麼使魔管控部，連琳恩都管不住，就知道欺壓在我頭上，根本是欺善怕惡的代言……」

「還有最好船隻可以觸犯紅燈右轉這條法律！你寫這種犯罪確證，都不怕笑掉大牙嗎！」

那人連番不斷的罵著，原先的怒罵聲不知不覺中開始夾雜著啜泣聲。

亞澈因為睡太久而略顯遲鈍的大腦緩慢的開始運轉了起來，終於驚覺那邊罵邊啜泣的人是誰了，連忙跳了起來。

「林文！你……還好吧？」

「不好……為什麼我言靈術這麼爛，那些什麼交通部還是秘警署，統統都給我小趾骨折吧！」

——應該要慶幸你的言靈術程度如此不堪嗎？不然按照你剛剛詛咒的內容，交通部和秘警署的傷殘率應該會直線上升到破表的程度吧……

難得見著如此失態的林文，亞澈窘迫的掃了眼桌上，終於發現罪魁禍首。在桌上琳瑯滿目的咖啡罐中，不知道為何摻雜了一罐黑麥啤酒進去。

慘了！亞澈頭疼的扶著前額，林文的酒量之差，可以說認識林文的人都清楚明瞭，曾經他一直不懂到底是多差，畢竟他已經算得上是很不會喝酒的了，但跟林文那種連吃根高粱香腸都能陷入微醺狀態比起來，他算是海量了。

「你醉了……林文。」亞澈攙扶著他起來，只見林文滿臉通紅的抗拒著。

「誰說我醉了……嗝……喝咖啡也會醉？我沒醉！」林文揮舞著空啤酒罐大聲嚷嚷著。

嘆了口氣，亞澈把林文扔到了床上，將桌上的瓶瓶罐罐一古腦的全掃到垃圾桶去，再看了眼桌上滿滿的紅單和違法照片，包含著各種他們在擺渡船上闖紅燈的證據，他愣了愣，淡然一笑，坐了下來。

指關節有些生硬，但不礙事。他拾起筆，開始將林文滿篇充滿幽怨的悔過書重新撰寫……

「我怎麼躺在床上。」

林文兩眼空洞的看著天花板，隨即腰痠背痛的爬起床，看著亞澈正在書桌前震筆疾書，他錯愕了；他緩緩下了床，好奇的走過去悄悄探頭偷窺，這才看到亞澈正將那最後一份悔過書的最後一個句點畫上。

他突然用力的抱住了亞澈。被突如其來的擁抱嚇到的亞澈，差點就反手將手上的筆插下去——要不是身後的酒味傳來，他早就這樣做了。

「到底是誰說男人都是畜生？在我眼裡你絕對比聖母瑪利亞還要聖母！」林文感動又激動的喊著。

惡魔被用聖母來稱讚，而且性別還不同，這到底是褒還是貶啊？亞澈尷尬的笑了笑。

「沒有，睡這麼久了，是該讓腦袋運轉一下，不然都生鏽糊化了。」

「太善良了！比起那個毫無人性的琳恩！」林文的眼睛猶帶淚光的感嘆道。

「真是抱歉啊！我沒有人性，但誰跟你有人性？我可是惡魔呢！」琳恩冷不防的從後方冷笑道，手中端著一大壺紅茶和一盤法國吐司走進來。

她甫開門就看到林文從後方緊抱著亞澈，猶豫了一秒左右，最後還是將手中的手機放下沒有上傳出去。嘖嘖……這類的照片在某些論壇可是會被推爆的。

琳恩可以不給林文面子啦，但亞澈是個好孩子。再加上這類珍稀照片當然是保存起來日後回味才會更有價值啊！尤其亞澈可能是未來的魔界王者，王者和教授的禁忌之愛……她果斷的複製照片備份上傳到信箱和雲端去了。

「而且要論沒人性，你才沒人性吧。」琳恩將桌上其中一份悔過書舉起，秀出端莊的字跡與謙遜的文筆，「竟然叫病人幫你寫悔過書？」

「我才沒有指使要脅亞澈。」林文連忙澄清，「是他那自動自發的大愛光輝，照耀了我那幽怨昏暗的心境。」

琳恩翻了白眼，心裡吐槽道：你乾脆說他普渡眾生好了。

「算一算時間，也差不多快來了，亞澈你穿這樣可以嗎？」琳恩看著穿著整套睡衣的亞澈詢問。

「什麼可以不可以？有客人要來嗎？」亞澈完全一臉茫然。

「來不及了。」往門口的方向看了一眼，琳恩嘆了口氣，順手的抱起口中還咬著土司的林文，「我們這兩個電燈泡就先出去外面遊蕩了，如果有爭吵沒關係，我觀察了人類女性數百年，千篇一律毫無進步，百年前潑水，百年後也還是潑水，所以我紅茶特地調成微溫，絕不會燙傷的。」

「啊？」亞澈傻愣住了，完全不明白琳恩所指為何。

但當琳恩和被抱得很自然的林文推開門扉時，他就完全清楚琳恩的意思了。

站在門外的是由乃，雙眼通紅著，兩頰正無聲無息滑落淚珠，手中的提袋裝著滿滿的紙鶴。

隨意看了一眼，都是那些病房孩童折的，上面的情緒如此濃烈芬芳，讓他即便離門口有段距離也能感受無誤。

「你為什麼醒過來後，沒有第一時間打電話告知我？」由乃的聲音憤怒中夾帶著哭音，「就這樣讓我擔心你很得意？臭烏鴉鳥人！」

隨手就要將滿袋的紙鶴扔擲出去，但在最後一刻，她還是煞住了，怒目的看了眼桌上的紅茶，她充滿氣勢的走上前來，將紅茶連同茶杯朝亞澈丟了過去。

我應該換成不鏽鋼杯的……還來不及走遠的琳恩看著即將摔碎的茶具，心痛的想著。

但亞澈泰然自若的完美接住了茶杯，甚至連滴紅茶都沒被灑出來。

——慘了！

看著這一幕的琳恩和林文在心中默默的致哀。

他們倆在人間的共同心得，就是絕對不要妨礙盛怒中的女性行為，她要扔什麼就讓她扔，此時就算你是世界級排球選手，也絕對不要展現完美的救援技術，越是完美，只會更加激怒對方。

要知道，對於女性來說，沒有最火大，只有更火大。

果然，由乃瞪大了眼，原先按捺住沒有扔出去的紙鶴也丟出去了！然後是抱枕、自己的皮夾、髮飾、魔導槍零件，只能說在如此狂怒中還能盡量壓抑不砸毀主人的器物，林文和琳恩看了都想激賞的鼓掌起來。

但亞澈仍是不明就裡的繼續完美救援，只能說熬了一整夜的撰寫悔過書，沒有讓他有絲毫疲憊，反而讓他的大腦完全暖好機了，所有被扔飛過來的器物靠近他身邊半丈，統統被魔力控制住並懸浮著穩穩落地。

結果扔的一方越丟越火大，接住的一方越接越不解。

看著由乃的怒火即將突破天際，終於啃完吐司的林文，納悶的悄聲說著：「這年頭的兩小無猜，都是用這種方式呈現的？」

「這應該是打是情，罵是愛吧。」琳恩興奮的說著，就像見著好戲了，躲到窗旁，偷窺著裡面的修羅場上演。

「唔，所以是SM？看起來亞澈應該是M，由乃是S？」林文一邊窺探，一邊分析道。

「你笨喔，那些都是表面而已！你沒發現急哭的是由乃，一臉輕鬆的反而是亞澈？我想真實情況應該是亞澈S，由乃M！」琳恩將自己的見解說了出來。

琳恩和林文說的音量不算大聲，但對於優良聽力的魔族來說，亞澈還是分毫不漏的全聽進耳裡，讓他哭笑不得。

終於身上都沒有東西可扔了，兩腳赤足的由乃只能滿頭大汗的瞪著亞澈。

「你為什麼都接住啊！」由乃不滿的喊道。

該說是下意識反應嗎？亞澈抓了抓臉頰，看著由乃通紅的臉頰，活像章魚似的，他還是不要這樣回答好了，要是誘發高血壓還是心臟病這不就遭了？

「不然，妳跟我交換位置？再重新來一次？」亞澈無辜的看著身旁各種散落的物品，襪子、帆布鞋、包包，比出交換位置的手勢。

「再、再來一次？」由乃氣到傻眼了。

亞澈，隱性S，掛正字號、蓋章、上頒獎臺！琳恩和林文同時在心中說。

「我還是第一次氣到沒氣了。」

由乃喘息著，一想起剛剛氣結的理由，不禁笑了出來：「烏鴉鳥人，你身體還好吧？」

「什麼烏鴉鳥人……真是的。」亞澈聽著這綽號就皺眉了。

「不然呢？難道你希望我稱呼你黑天鵝？」由乃喘著氣說道，調侃著亞澈。

「妳已經……不想叫我名字了嗎？」亞澈淡淡失落的說著。

亞澈的反應讓由乃整個人慌亂了起來，她的臉可疑的害臊通紅了，「也、也不是這樣，只是……反正你的翅膀也很好看，有什麼不可以！」

「所以我以後要稱呼妳無毛猴子？」亞澈歪頭一派天然的詢問。

「……」

由乃雙拳緊握，只差一秒她就要暴衝上去痛揍眼前這個講話毒辣的人了，要不是對待病患要充滿愛與關懷的教誨深植於心，她一定已經將想法化為行動了！

但是這卻苦了在窗戶外偷窺的兩人，林文和琳恩憋笑得渾身顫抖著。

不行……這樣下去會內傷，這還是人生中第一次忍笑忍到肋骨發疼。林文吃痛的緊靠著牆抽蓄，不知情的人還可能會以為他病危了。

琳恩也沒有好到哪裡去，可惜靜音結界的張開會驚動到裡頭的兩人，不然她實在很想張開結界好好的大笑幾聲出來。

「不行了，我要出門去晃晃。」林文笑到都喘了起來，吃力的撐了起身，雙眼卻遠眺著某個方向，彷彿能窺探見什麼一般。

「我以為你懶得理會。」琳恩挑了挑眉。

「我不去的話，妳會去嗎？」林文挖苦的說。

「當然是……不會。」琳恩露出輕笑，笑得非常斬釘截鐵，「最多我可以陪你一起在校園散步，這可是你的榮幸喔。」

所以到最後……還不是一定要我出動。林文無力的頹肩了。

「話說回來，妳還可以來找我嗎？這對妳的身分來說不太好吧。」

看著輕易的又陷入暴躁情緒的由乃，亞澈反倒鬆了口氣，雖然這樣對她的心血管可能不太好，但現在還能夠和平常的她這樣對談，這真的很難得，也很慶幸。

他早已做好心理準備了，就算一醒來發現自己被架在傳送陣上，要被強制遣返回魔界，他也沒有什麼可以抗議、拒絕的權力。

之所以來到人間無非就是一場意外，即便這場意外是罪業會有意的人禍，但就像書中記載的一般，人間無時無刻都在抗拒著外來者的降臨。

沒有使魔契約的他，無時無刻都感覺得到人間大結界的斥力，若不是無法控制的天賦強硬的把他留存在人間，他早就回到魔界了。

但現在想想，這趟人間旅途時至今日不過短短半年，卻遠超過他在魔界的數十年，不論是認識的人事物，還是接觸的思維和理念。

只能說來這趟人間，雖有遺憾，卻一點都不後悔。

「有什麼不可以的，你就只是偷渡犯，還是不甘不願的被人強硬偷渡進來的不是嗎？」由乃扁嘴說著，詳細的情況林文都向他們解釋過了，雖然難以相信，但卻不是不能接受。

而且耀慶也證實自己在當時確實曾聽聞過林文的諮詢，只是大家訝異的是，魔族原來可以在人間留這麼久，都還不會被結界遣返。

「小鬼和爺爺奶奶他們都很想念你，不光是他們……護理師和醫師們也說不介意你的身分。」由乃走到剛剛扔飛的包包旁，俯下身將包包中一疊厚厚的請願書影本遞給了亞澈，「大家還說如果每個禮拜一的志工教堂讓你很痛苦的話，你不需要勉強自己來的。」

「所以你還會來嗎？亞澈。」由乃緊張了。

「你們真的都是好人。」亞澈釋懷的笑了，到頭來煩惱最深的都是自己，「有什麼不可以，只要不被聖水潑、被聖經砸，我很樂意繼續過去幫忙。」

「真的嗎？那真是太好了！」由乃喜出望外的笑了出來，將沉重的包包一古腦的全倒了出來，只見一座小山丘的儲靈儀赫然出現在眼前。

「我拜託了秘警署幫我把包包改裝成乾坤袋，可惜就只能裝這些了，我想你會樂意幫忙吧！」由乃笑得很溫馨，卻讓亞澈不寒而慄了。

這真是很實際的康復賀禮，考驗著他的身體是否完全康復，雖然這點數量也不是無能為力，但是……

「妳時間很多嗎？」亞澈將儲靈儀一臺一臺的放回包包中，抬頭問著由乃。

「年假還有幾天，怎麼了？」由乃不明白的看著亞澈的收拾動作，現在不是要開始儲靈了嗎？

「那太好了，我們去環島吧。」亞澈開懷的笑了，「這麼多的儲靈儀，環島一圈應該就夠了，我記得妳向來對於儲靈儀的捐贈是使命必達吧？」

「我？你？」由乃愣了一下，隨即彎下腰去緩緩將丟出去的襪子鞋子都穿戴起來，再抬起頭時已經是一臉毫不在乎的輕笑，「來啊！誰怕誰！」

兩人相視而笑了。

※　※◆※　※

此時在校門口旁的咖啡廳，三個人呈現很認真的姿態，但除了那三人之外，其他人都用一種詭異的眼神打量著那一桌的動靜。

哪有人來到咖啡廳，點了咖啡也不喝……就這樣圍觀著咖啡，彷彿期待眼睛會噴出雷射光煮沸咖啡的樣子。

……敢情三位都是用視力喝咖啡的？

「你看裡面的氣氛這麼好，就不要進去拆散了吧，沒聽說過妨礙別人戀愛會被馬踢嗎？」林文勸說著。

雖然說這年頭馬這種生物已經只剩動物園看得到了，但夢魔的外觀就某個程度而言也能客串一下馬吧？讓牠來幫忙踢個兩蹄，牠應該不會拒絕才是。

「而且魔界不是向來把人間當旅遊觀光景點嗎？那就當作你們王子微服出巡

吧。」琳恩難得也加入勸說的行列。

眼前的第三位人士，一頭規矩俐落的短棕黑髮，戴著金屬框的眼鏡，白素色的薄衫隱藏不住他那高瘦卻結實的身軀，舉手投足之間自然而然的散發出一種莊嚴優雅的氛圍，宛若王公貴族般的氣場。

他緩緩的推了推眼鏡，用精明的目光掃視著林文和琳恩。

「王子可不單單只是王子，兩位可知情？」他淡然的說著，話說到一半就收住了，「雖然出身王室，但是——」

「返祖了？」琳恩接了下去。

他身子抖了一瞬，一股浩瀚的魔息瞬間湧出，但卻在湧出的瞬間，被收拾得一乾二淨。

咖啡廳內的人們依舊談笑自若，完全沒有察覺到任何變化。

「拜託，不要三言兩語就突然發飆。」琳恩搖頭嘖嘖出聲，「這樣是我得寫悔過書，要發飆也得輪到林文發言再發吧。」

林文翻白眼了，腹誹道：還敢說！妳每次都把人弄到逼近燃點，再丟到我手中引爆！

不說話，這次打死都不接話。林文下定決心緊摀住嘴巴不發一語。

「這樣不好吧。」笑看著林文的舉止，琳恩聳聳肩道：「有記錄的是你喔，秘警署來的話，我只不過是個小小的使魔，嘖嘖，這會算在誰的頭上呢？」

「妳這個卑鄙的惡魔！」林文怒極跳腳的喊了出來。

「謝謝你的稱讚，主人。」琳恩微微彎腰行禮。

看著眼前這兩位完全忽略他而自行陷入鬥嘴爭論的狀態，讓他很不安。雖然他這個禮拜觀察下來，這兩人對王子可以說是呵護有佳，但放眼人間也沒多少人能比這兩位來得神秘。

一個是名不見經傳的惡魔女僕，另一個是人間小有名氣的召喚師——從資料上看來僅是如此，但卻又和冥界、夢土都有所交道。

他只能查到這些，剩下的就是些破碎的資料，別說出生年月日，就連血型、身高、體重都沒有任何資料有記述。

如果可以的話，應該要追查出對方的把柄才和他們碰面的。

但水鏡術卻被這兩個人反向追蹤，兩人二話不說的直接在咖啡廳內設下了幻陣，連解釋的機會都不保留，一瞬間就直接攻擊他的精神，若不是自己在危機之際拿出魔后希瓦娜的羽毛作為身分證明，只怕在那一剎那自己就被放倒了。

「王子是個好人。」他說道。

「當然，這我們都同意。」

只是有點S。林文和琳恩心照不宣的想道。

「既然碰面提前了，那就只能這樣子了。」他從懷中拿出一封信函，信函上還殘留著書寫者身為魔后的強大氣息，「希瓦娜陛下希望你們能夠庇護亞澈殿下，詳情都記述在內文中了。」

「除此之外，我也這麼希望，王子在人間笑的次數遠超過我在魔界服侍這數十年的次數。」他欣慰的說著。他知道自己的發言中夾帶著一絲絲的忌妒，但比起藏頭縮尾的魔界，人間說不定更適合這位溫柔的王子。

「你就是芽翼？」林文斜側著頭確認。

「兩位知道？」他詫異了，他的身分因為照顧亞澈的關係，別說魔界沒多少人知情，人間應該完全沒聽過才對。

「亞澈有說過你的存在。」琳恩苦著臉喝掉冷掉的咖啡，「如果說他在人間會想念的存在，大概就你和希瓦娜吧。」

「請稱呼陛下。」芽翼微怒的認真囑咐。

但琳恩是誰？連林文都沒辦法管束她，當然更不理會芽翼的話語，她裝作完全沒聽見的模樣。

「那希瓦娜不想念她兒子？」看著芽翼的惱怒逐漸高漲，琳恩淡笑著。

「陛下當然想念，還請對王室有最基本的尊重。」芽翼咬牙忍氣說著。

「希瓦娜希瓦娜希瓦娜……」琳恩連聲複誦著，甚至俏皮的吐出舌頭做鬼臉。

「……」眼見勸說無效，芽翼轉而針對林文，「你不管好你的使魔嗎？」

芽翼的怒火轉向了林文，林文啞口無言的指了指琳恩，又指著自己。

「尊重是放在心裡，不是口頭上的。」他只能倖倖然的說著。他實在很想向芽翼訴苦，打從和琳恩簽訂契約後，從來沒有看過琳恩把尊重掛在嘴上過，雖然他連琳恩心裡有沒有都很懷疑就是了。

見如此情況，芽翼嘆了口氣，正色道：「總之，事情已經出乎陛下預料了，還請兩位多加保護王子。」

「怎麼了？」

「今年除了亞澈王子，其餘五王一后的子嗣都各有一人失蹤了，根據我們魔族特有的占卜，只怕凶多吉少了。」芽翼搖了搖頭。

「所以神隱年又來了？」琳恩淡淡一笑。

「神隱年？」林文完全是第一次聽到這名詞，困惑的看著琳恩。

但沒有等到琳恩解釋，芽翼自己就開口解說了。

「沒有規律也沒有跡象，可能間距數百年也有可能數十年，各國魔族王室的子嗣會發生神秘失蹤的情況，以往大家連根頭髮都找不到，但今年我們知道可能的原因了。」芽翼的眼神隱含著怒意。

「今年因為亞澈的生存，而露出馬腳了。」一直迷惑不解的林文豁然開朗的說著，「所以魔界終於得知神隱年是罪業會的把戲！」

「賓果。」琳恩輕聲歡呼，點頭同意林文的想法，十指交錯的笑說：「魔族知情的話，怒火應該會達到頂點吧。」

「那是當然。」芽翼怒火中燒的獰笑道：「各國已經決定派兵來到人間，讓人類為他們的大膽行徑付出代價。」

聽到這句話，琳恩和林文面面相覷，心中不約而同想著——

那這下人間不就慘了？

《召喚師物語．亞澈篇01召喚是倒楣的初端》完

敬請期待更精采的《召喚師物語．亞澈篇02》

現代魔法師
典藏閣
超萌又萌又的魔法美少女戰鬥物語!!
★全套八冊、全國各大書店、網路書店、租書店、持續熱賣中!
美少女魔法師從天而降，其實是：
(a)中樂透頭彩 (b)天將降大任於斯人也
(c)膝蓋中了一箭 (d)媽我出運啦！ (e)以上皆是
吐槽系作者 佐維+知名插畫家 Riv
正港A臺灣民間魔法師故事
《現代魔法師》驚爆登場
華文聯合出版平台
采舍國際
不思議工作室
立即搜尋
版權所有© Copyright 2014

解任高手、人生勝利組——
就是我「郝仁」啦！
在美屍坊裡——
一位毒舌天才美魔女、一名擁有神鼻特技的美男子，
加上暴走老頑童、瘋狂美食家、高傲王子貓，
以及娶了八個鬼妻的不良少年……
各路特異人士（怪咖）集結，挑戰靈報高額賞金！
不論是宅內鬧鬼、大體美容、還是隔世尋人……
疑難雜症交給「紅眼怪客團」就對啦！
01紅眼怪客團之美屍坊
02紅眼怪客團之鬼旅行
03紅眼怪客團之模特惡
04紅眼怪客團之王子病
★全套四冊，全國各大書店、網路書店、租書店，持續熱賣中！
典藏閣
華文聯合出版平台
采舍國際
不思議工作室

飛小說系列128

召喚師物語・亞澈篇01

召喚是倒楣的初端

出版者■典藏閣
作　者■鳥巢　繪　者■RURU
總編輯■歐綾纖
製作團隊■不思議工作室

郵撥帳號■50017206 采舍國際有限公司（郵撥購買，請另付一成郵資）
台灣出版中心■新北市中和區中山路2段366巷10號10樓
電　話■(02) 2248-7896　傳　真■(02) 2248-7758
物流中心■新北市中和區中山路2段366巷10號3樓
電　話■(02) 8245-8786　傳　真■(02) 8245-8718
ISBN■978-986-271-598-7
出版日期■2015年5月

全球華文國際市場總代理／采舍國際
地　址■新北市中和區中山路2段366巷10號3樓
電　話■(02) 8245-8786　傳　真■(02) 8245-8718

新絲路網路書店
地　址■新北市中和區中山路2段366巷10號10樓
網　址■www.silkbook.com
電　話■(02) 8245-9896
傳　真■(02) 8245-8819

☞您在什麼地方購買本書？☜

1. 便利商店（______市／縣）：☐7-11 ☐全家 ☐萊爾富 ☐其他______________

2. 網路書店：☐新絲路 ☐博客來 ☐金石堂 ☐其他__________

3. 書店（______市／縣）：☐金石堂 ☐蛙蛙書店 ☐安利美特animate ☐其他_____

姓名：__________地址：______________________________

聯絡電話：__________電子郵箱：______________________________

您的性別：☐男 ☐女 您的生日：__________年__________月__________日

（請務必填妥基本資料，以利贈品寄送）

您的職業：☐上班族 ☐學生 ☐服務業 ☐軍警公教 ☐資訊業 ☐娛樂相關產業
☐自由業 ☐其他____________

您的學歷：☐高中（含高中以下） ☐專科、大學 ☐研究所以上

☞購買前☜

您從何處得知本書：☐逛書店 ☐網路廣告（網站：______________） ☐親友介紹
（可複選） ☐出版書訊 ☐銷售人員推薦 ☐其他____________________

本書吸引您的原因：☐書名很好 ☐封面精美 ☐書腰文字 ☐封底文字 ☐欣賞作家
（可複選） ☐喜歡畫家 ☐價格合理 ☐題材有趣 ☐廣告印象深刻
☐其他____________________

☞購買後☜

您滿意的部份：☐書名 ☐封面 ☐故事內容 ☐版面編排 ☐價格 ☐贈品
（可複選） ☐其他

不滿意的部份：☐書名 ☐封面 ☐故事內容 ☐版面編排 ☐價格 ☐贈品
（可複選） ☐其他

您對本書以及典藏閣的建議______________________________

____

____

未來您是否願意收到相關書訊？☐是 ☐否

感謝您寶貴的意見

印刷品

$3.5
請貼
3.5元
郵票
不思議信箱
FUSIGI POST

235 新北市中和區中山路二段366巷10號10樓

華文網出版集團　收

（典藏閣－不思議工作室）

召喚師物語

亞澈篇

鳥巢 NOVEL
RURU ILLUST

01
召喚是倒楣的初端